Next Time You Fall in Love

下一秒，戀愛中

04

All about Love

by *Sophia*

曾經受過傷而後退的你
因為她而前進的我
在愛情邊境交錯的我們
在終於對望之後
下一步是踏進
還是退後？

01

「愛情就是這樣，就算妳不想去愛，它還是會闖進妳的生活的。」

人生真的一步錯步步錯，但通常當我們踏出錯的那一步時，很少會察覺那就是錯誤的開始。

那個該死的糟老頭，如果可以的話，我早就把我這輩子會的字彙全部拿來詛咒他，但如果他真的有什麼三長兩短的話，我的愛情就無解了。所以我只能每天咬牙切齒的看著他活蹦亂跳，還要極力壓抑自己不要在聽完他不負責任的話語之後，隨手抓了什麼藥劑加進他每天至少要喝三杯的咖啡裡。

自從踏進這間研究室之後，我每天過的就是心驚膽跳加上鬱悶難解的生活，但打死都不能離開這裡，因為那個糟老頭一定還藏了一手。

推開研究室的門，把包包隨手放在椅子上，研究室除了我和老頭之外，還有一票助手，反正就是一群混著學生和仰慕者的組合，雖然我不是很了解研究本身的內容，但再怎麼不願意也得承認老頭的能力真的很驚人，所以才有辦法做出那麼讓人痛恨的事情來。

「小澄澄妳來了啊，沒有喝到妳泡的咖啡，我就沒有力氣了。」

狠狠瞪了老頭一眼，慢條斯理的走向流理台，我很想狂加咖啡粉讓他因為咖啡因劑量過高而心臟病發，但重點是他沒有心臟病，所以高劑量的咖啡因只會讓他更興奮，也更難纏而已。

「你到底說不說？」把咖啡放在他桌前，這句話從那天起，我每天都說上好幾遍，我自己都說到快瘋了。

「小澄澄這句話妳都說了兩年了，乾脆直接轟轟烈烈談一場戀愛，我保證妳會感謝我的。」

「沒有毒死你我就已經很佩服自己的自制力了。」

又用力瞪了他一眼，轉身走回我的辦公桌，拿出印章洩憤的在文件上用力的蓋上，深呼吸、深呼吸……氣死自己生活不會比較好。我打死也不要認命談戀愛。

談戀愛比應付這個老頭麻煩多了。

戀愛？對、起因就是因為愛情。

兩年前剛從大學畢業，恰好看見這麼有名的博士在徵研究助理，雖然念的科系不是很相關，但基本的科學知識並不是難事，而且薪水優渥似乎又能學到很多，所以就投了履歷也被叫來面試。

填了一大堆問卷和量表，越寫越奇怪，從一開始的性向測驗到最後根本每一題都是跟愛情相關的敘述，但來都已經來了，寫寫問卷也不會怎麼樣，就是這一個念頭，讓我踏入那個老頭的陷阱。

很順利的我拿到了研究助理的工作，比之前待在學校研究室專業一點、工作多了一點，但我總覺得博士總是用著意味深長的眼光看著我，一直溫文有禮長相又比實際年紀年輕很多的他，在第一個星期裡我始終覺得他是個紳士般的學者；然而有一天他開心的對我招招手，為什麼沒有察覺那個詭異笑容就是他露出狐狸尾巴的跡象呢？

總之他用著很艱深的說詞跟相當富有感情的口吻，說著我是相當適合他研究的受試者，於是我居然傻傻地讓他在我手臂上植入他研發的晶片，最後他終於完全露出他的本性來。

「好了。」打了麻醉藥加上晶片很小，所以並沒有太大的感覺。

「博士，可以請問一下實驗的具體內容嗎？還有你說實驗結束之後晶片就可以取出來……」

「喔，這是一個關於愛情的實驗。」

「愛情？」愛情跟晶片怎麼扯得上關係？

「我研發了好幾年，終於做出這個晶片來，我預設了一句關鍵句，在植入晶片之後，當妳碰見的第一個跟妳說出這句話的異性，妳就會愛上他。」

「你說什麼？」我幾乎是尖叫出來。

「做了那麼多測驗，加上我一個星期的近身觀察，發現妳實在太適合了。」

「你可以告訴我哪裡適合嗎？」我必須努力遏止自己想掐斷他脖子的衝動。

「對愛情不感興趣、過於理性冷靜，重點是，我感覺用在妳身上會得到很有趣的結果啊。」

「有趣？」我快瘋了，「那是我的愛情你居然只因為有趣？」

「小澄澄啊，做人就是要轟轟烈烈去愛一場，妳這樣談過幾次戀愛卻都理性的像是一種情感交易，很浪費人生啊。」

「那也是我的人生，不用你管。再說，愛情根本就是個麻煩。」

「我的晶片就是要讓妳體驗不同的人生的。」居然還擺出一副自己很偉大的臉。

「幫我把晶片拿出來。」

「我不要。」他又涼涼的補充一句，「找其他人也沒用喔，不管是醫生或是相關領域的人，因為是秘密研究，連外面那批助手都不知道呢。而且晶片的樣子、植入的位置妳自己也不清楚吧，說不定剛剛妳目睹的手術，也不過就是一種障眼法啊。」

「晶片位置在哪裡？」

「我忘了。」

「你到底說不說？」

就是從那一天開始，這句話我每天都對著這個老頭喊著好幾次，但他就是打死不說，而且在外面還是一副謙謙君子的模樣，只要一回到這間辦公室，就徹底把羊皮脫掉，他不過就是個任性妄為的老狐狸。

還有那句「關鍵句」，真不知道他到底有沒有腦，設定那種亂七八糟的句子，害我只要看見有人就會提心吊膽，最近我發現自己似乎長出了幾根白頭髮，一定是因為日夜操勞的緣故。

「小澄澄啊，我說妳要不要乾脆就自己製造機會，反正那句關鍵句只要妳自己設定好環境條件，對方就很有可能說出口的啊。」

瞪了他一眼，我很用力的在文件上蓋上研究室的章。

「那麼多人追著愛情跑，怎麼妳就是不要愛情呢？」

「不用你操心。再說，我又不是沒談過戀愛，就是談過才覺得麻煩，兩個人的價值觀、相處模式，總之要協調的東西多得要命，不過就是為了那種一時迷眩腦袋的感情，何必浪費那麼多的力氣。」

「偏差，真是偏差。不過我就不信妳防得了一輩子，愛情就是這樣，就算妳不想去愛，它還是會闖進妳的生活的。」

□

黑色、藍色、紅色的三色原子筆、自動鉛筆，最後是一枝用來劃重點的黃色蠟筆，我絕對不會在身上帶超過三枝以上的筆，我仔細確認之後，拿出自動鉛筆就快速把筆袋的拉鍊拉上，再很迅速地把筆袋塞進包包的夾層裡，握緊了手上的自動鉛筆之後，最後終於能把注意力放在剛跟大家打完招呼的講師身上。

這陣子報名了晚上的日文課程，雖然我不是一個特別認真進取的人，但那個糟老頭最近的研究取向需要參考大量的日本文獻，說什麼經過翻譯之後可能會扭曲原意，最好的方式就是自己讀；我很想說關我什麼事，反正他日文好得很，但他的目的似乎就是要把我推入「危險」的場域之中。

「因為真的很想快點看見小澄澄陷入愛情的樣子啊，人家等了兩年也夠有耐心了吧。」

先不要管從他口中說出「人家」這兩個字有多欠打，總之就是在他威脅加利誘下，我只好乖乖的坐在這間教室裡。

至少這兩次上課都是安全的吧，只要繼續這樣小心謹慎，就能安然度過了吧。無論如何都比老頭那句威脅：「不然我就自己說出那句關鍵句」來得好，我寧可倒楣愛上一個禿頭肥肚男，也不要愛上那個糟老頭。

該死的，整整兩年我還是沒有辦法釋懷，被植入晶片可以說是自己笨就認栽了，但我怎麼都無法接受那麼隨便的關鍵句，如果是個五歲小鬼說出口，那我不就會成為兒童誘拐犯了嗎？

「唉呀，世界上也是有戀童癖的人啊，如果真的是這樣的結果，不是更刺激嗎？」

「你根本就是變態。」

「這叫研究者的精神，任何情境任何受試者都會是好的觀察對象啊，反正那種機率小得很，重點是小孩子很難精準說出那句關鍵句的啦。」

「反正又不是你愛上對方，你當然那麼輕鬆。」

「置身事外的人當然輕鬆啊，這不是小澄澄一直以來不要愛情的主因嗎？我相信妳懂的。」

該死的糟老頭該死的糟老頭該死的糟老頭，我在心中一次又一次的咒罵他，但最後還是嘆了一口氣，我也知道沒辦法這樣躲一輩子，說不定真的轟轟烈烈愛過了，老頭覺得開心了就幫我拿出晶片，但愛情本身就是個麻煩，再加上對方就更麻煩了，我寧可解高等微積分也不要解愛情——

因為愛情根本無解。

一晃眼就到中間休息時間了，終於能稍微愉悅一點，至少已經安然度過今天的百分之五十；正當我托著臉頰想著等一下順路去買附近很有名的麵包當明天早餐的時候，我突然背脊發麻，用力的吞了一口口水——剛剛我好像聽見那句打死我也忘不掉的關鍵句，不可能的、一定是幻聽，但是為什麼我心跳突然變好快？

我等了幾秒鐘，除了心跳加快之外什麼都沒有發生，剛剛那道男聲也沒再出現，所以一定是幻聽，心跳加快也不過是因為太過緊張的緣故，嗯、一定是這樣的……

「小姐，妳的筆掉了。」

不是我的！

我緊緊握住手中的自動鉛筆，我差點就尖叫出來，媽的我怎麼可以倒楣到這種程度，我明明每枝筆都收得好好的，為什麼我非得要為了哪個笨蛋掉的筆愛上那麼多事的男人？

對、糟老頭設下的關鍵句就是「小姐，妳的筆掉了。」

這到底是什麼爛關鍵句。為什麼我非得要為了這種莫名其妙的設定愛上一個男人，就要為了這樣一句話我現在開始臉紅心跳？

所以我現在到底是要裝死還是要回頭？

但如果愛上一個只有聲音而其他都沒有的存在，倒不如冷靜面對那個對象，說不定我在愛情中極端的理智可以戰勝晶片引起的生理反應，所以我毅然決然的回頭，用著很平靜的聲音回應來自右後方的那道聲音。

「謝謝，但不是我的筆。」

「是嗎？」

接著他就無所謂的把筆放在自己的桌上，繼續翻著他的課本。

我的姿勢從轉身回答他之後就沒有改變過，目光不受控制地膠著在他的身上，他是個好看的男人，襯衫鬆開的第一顆鈕釦散發出一種上班族的慵懶和隱微的性感，不笑的唇讓他看起來有些冷淡，但這全然無損於他引起的心動感。

——什麼鬼心動感？！

明明就是下班之後衣服不想穿那麼整齊，看著日文課本當然不會笑，什麼性感什麼慵懶，不過就是一個比路人甲好看一點的進階路人乙，而且一看就知道不是好對付的傢伙，就是談戀愛絕對會很麻煩的那種類型。

深深吸一口氣，我可以明顯的意識到腦袋裡有兩道極端的聲音在搶奪主導權，多重人格至少還能交替主控，但像我現在這樣兩種意念同時大喊，最後我沒被自己搞死也會精神衰弱。

終於我強迫自己轉身坐正，很好、晶片被啟動了，如糟老頭所願我愛上一個陌生男人了，我的心跳還是很快，而且不斷回想起他迷人又有磁性的聲音……

──什麼迷人又有磁性，不過就是低沉了一點冷淡了一點……

──但是真的好迷人……

無力地用雙手掩住整張臉，我有一種人生會被這場愛情搞得亂七八糟的預感。

□

「老頭，這下你滿意了吧，把、我、身、上、的、晶、片、拿、出、來！」我一個字一個字加重語氣並且咬牙切齒的丟給我眼前顯得很開心的假紳士。

「叫我帥哥。」他喝了一口咖啡，「所以說，愛情啊是妳用盡心機預防都防不了的，就算妳全面抵抗，也是有可能出現一個契機讓你們相遇然後相愛的。」

「你少在那邊說風涼話，要不是你設定的那什麼爛關鍵句，我需要過得那麼戰戰兢兢嗎？」

「是妳自己要過得那麼緊張的，要是我的話，一定就把筆丟到我看得順眼的美女前面，然後她就會成為我愛的人啦。而且，這句關鍵句跟愛情的發生很相近啊，『小姐，妳的筆掉了』，妳看，這麼日常，像是隨時都可能有人這麼說出口，但沒有一個特定的環境就不會啟動，愛情也是這樣啊，隨時都有可能降臨，也可能在妳以為會出現的地方它就是不出現，當然更經典的就是像妳，明明就做好萬全的準備，但別人替妳掉了那枝筆啊，怎麼想都是命中註定吶。」

「命中註定？植入晶片在我身體裡面的人跟我說命中註定？」我狠狠瞪了他一眼，「你快點招出解決的方法。」

「妳不是常說愛情無解嗎？所以這張晶片無解，妳就放開自我好好去愛吧。」

「期限呢？」

「什麼期限？」

「總會有失效的期限吧，像心律調整器不是每幾年都需要置換嗎？那如果我打死都不接近那個人呢？」

該死的看見那老頭這麼詭異的笑容，我就知道得到的答案不會是我要的，「一輩子。妳也知道我是個天才，所以這種失效的可能性早就被我壓到幾乎等於零了。如果妳打算逃避的話，妳就會一輩子抱著一個人的愛情，寂寞啊痛苦啊也無法再愛第二個男人，怎麼想都很心酸吧，所以妳就認命吧。」

「一輩子？」我的聲音拉高了八度，這樣我不就先輸了？

「對，妳會愛他一輩子。」

「你有沒有想過，如果對方已經結婚有對象了呢？如果對方不愛我呢？如果對方根本就是個同性戀呢？」

「世界上沒有十全十美的愛情啊，誰能保證我們愛上的一定就是對的人呢？所以如果真的那麼不湊巧，那就讓對方成為自己心中最深刻的銘印吧。」

「但是你剛剛說無論如何我都會愛他一輩子，所以你現在這麼輕鬆，應該是有解除晶片功能的設定吧。」

「是有啊。」這次他居然回答得這麼爽快，剛剛還跟我說無解。

「那還不快點解除它！」

「我不要。」老頭很慵懶的靠坐在椅子上，「我可是耗費了兩年的青春才等到這一天，怎麼可能那麼輕易解除它。」

「你這老頭哪來的青春，不然你想怎麼樣？」

「給妳線索妳自己解開吧。」他把空杯子遞給我，示意要另外一杯才要繼續說，很快的沖了一杯咖啡給他，燙死他算了，「唯一能夠解除設定的人，是對方。」

「你說什麼？」

「不是很合理嗎？啟動的人等於是晶片已經辨識了他，所以當然得靠他解除啊，以小澄澄的聰明才智怎麼可能不懂。」

「這不是懂不懂的問題，也就是說，無論如何我都得接近他不可？」

「正解。」接著他揚起很邪惡的笑容，「第二個提示，解除設定也是一句關鍵句，而那句關鍵句只有在你們真正談戀愛之後的某個情境下，才會被對方說出口。」

「所以我非得跟他談戀愛不可？」我的聲音已經冷到不能再冷，但那個像是生活在赤道的傢伙一點感覺都沒有。

「我們家小澄澄果然很聰明。」

「所以是要我去追那個男人的意思？」

「小澄澄不只聰明，而且聰明絕頂呢。這當然是最快的方法啊，如果妳想解除設定的話。」

深呼吸、深呼吸，于澄妳千萬不能被一個糟老頭氣死，快點拿出妳全部的理智，在這個節骨眼被他牽著走妳就真的輸了。

跟自己喊完話之後，我自持的冷靜與理智終於又回到身上，我冷冷的盯著眼前帶著愉悅微笑的老頭，看他喝著咖啡的一臉幸福樣，總有一天我一定會在裡面下毒，就算不能毒死他也會加一堆瀉劑，但現在報復不是第一優先，所以我最後深深吸了一口很大口的氣，然後揚起很溫和的微笑。

「你說，只要對方講出那句關鍵句就能解除愛上他的設定對吧？」

「嗯，是啊。」我又順手幫他加了一杯咖啡。

「你又說，那句話是會在談戀愛的某個場景裡可能會說出來的吧？」

「我是這樣說沒錯。」

「也就是說，根本不需要談戀愛，只要對方說出關鍵句就好了，對吧？」

「對……」發現自己回答太順的老頭突然放下咖啡，「小澄澄妳太奸詐了，就跟妳說做人被理智主宰一點也不有趣，反正我無論如何都不會說出來的，所以不管妳用什麼方法，都得靠近那個男的不可。」

這個該死的老頭。不行、絕對不行，就算是過失致死都還是犯法，就算他該死也不能讓他死，媽的真是爛法律。

「我要提早下班。」

「殺了那個男的就無解喔。」看見我兇狠的目光後，老頭又很快的加了一句，「殺了我也無解喔。」

「如果你不讓我下班我才真的會失手殺了你。」

很識時務的老頭揮了揮手：「小澄澄路上小心喔。至少、妳現在可以大搖大擺的走在路上啊，筆亂丟也不怕了啊，妳看，愛情的一開始就帶來這麼多的好處，我就說……」

「愛情的麻煩程度比殺人滅口之後又毀屍滅跡來得大多了，既然你逼我踏進愛情這個麻煩，那麼我也就不是很介意後者那種小麻煩了。」

「小澄澄妳快點下班，絕對不扣妳薪水。」

「哼。」很用力的把門甩上，不理會門外一群助手的訝異眼光，畢竟一向理性又冷淡的我突然有這麼大的情緒反應，很難不引起注目，但我根本不在意這些，我在乎的是那個撿起筆的男人。

——才一天沒見我就好想他……

——我一定要設法接近他，多跟他說話就能增加他說出關鍵句的機會……

果然我要開始過著雙重意念的生活了。但這次很難得的有了相同的結論。
我已經迫不及待在下一堂日文課見到他了。

02

「不是妳的問題，對我來說愛情就是件麻煩，所以無論妳試圖做些什麼，都只會讓我覺得更麻煩而已。」

走進了日文教室，一週兩次的課程當初覺得太多，但現在卻覺得幸好一週有兩堂課；很快的我就找到他的所在，雖然不願意承認，但選擇性注意力還是很有用的，很快就找到我的目標物。

裝作若無其事的坐在他的左邊，我感覺到自己的心跳又開始加快，不過就是坐在一個男人的身邊，有必要反應那麼大嗎？

我絕對不相信晶片只是單純讓我愛上一個人，一定有加劇反應的設定在裡面，我以前談戀愛還不是理智又冷靜，根本不會像小少女一樣整天胡思亂想又反應大到莫名其妙。

拿出課本和筆袋，隨意就把筆放在桌上，但養成習慣之後我的身上還是不會帶超過三枝筆，如果蠟筆不算的話。

——用眼角的餘光瞄他，近看又比上次帥多了，冷淡的神情讓他更加吸引人了……

——不過就是好看一點、氣質好一點的進階路人乙，少在那邊裝用功……

很好，至少我發現自己已經可以習慣腦中交叉著極端的兩種意念，真高興原來自己的適應力這麼強。

「你好。」我全部的理智都用來勾勒出這個恰當的微笑了。

我現在才發現，微笑其實是一件很累人的事情，不僅要壓抑右邊露出花癡般的傻笑，又要克制左邊顯現兇狠的殺氣，這個恰好的弧度背後隱藏了我巨大的努力。

「嗯。」

——但那該死的男人居然嗯了一聲，連微笑也沒有，他以為我為什麼要那麼費力擠出這樣的笑來……

——好酷喔，疏離的態度讓人更想靠近他了……

「我叫于澄，上一堂課你有幫我撿過筆……」
「結果不是妳的，不是嗎？」
——原來他記得我，這表示他也注意過我吧，這麼一想就讓人好害羞……
——媽的誰叫他這麼多管閒事，筆在地上就非撿不可嗎？撿了不會放進自己筆袋嗎？我就是衰爆才會挑了那個位置坐……
「是這樣沒錯，但是就覺得你人很好。」
「謝謝。」
——雖然客氣的說了謝謝，但態度明顯就是不打算繼續和我交談，這樣下去不行，一定得跟他混熟這樣才有可能發展戀情……
——發展什麼鬼，要混熟才會有機會讓他說出關鍵句……
「你叫什麼名字啊？我一個人來這邊上課，有時候有問題都不知道要問誰呢。」
他停了很久，最後似乎有點嫌麻煩的說出了他的名字：「林宇揚。」

——真是沒特色的名字，一定就是因為名字沒特色人才會故作姿態那麼囂張……

——眼前的人終於有了名字，就算是再怎麼不起眼的名字，因為是他，在那一瞬間就已經牢牢印在我的胸口了……

該死的于澄妳可以再花癡一點，我都不知道這些詞彙到底從哪來的，明明我就不讀愛情小說也不看愛情電影，哪來那麼灑狗血的台詞？

「那以後就請多多指教了，我這樣找你說話會打擾到你嗎？因為每次休息時間你都好認真在看書喔。」

這一小段對話下來，感覺自己的語調跟內容好像有點怪，就有種說不上來的怪異感，雖然說可以放任花癡性格去攀談，但怎麼聽就覺得不大對，好像，有點沒腦的感覺。

所以到底是我真的有花癡又沒腦的一面，還是這是糟老頭的惡趣味？

「小姐，請問妳有什麼事嗎？」

「嗯？」我愣了一下，「就只是想跟你當朋友，沒有特別的意思啊。」

難道要我挑明了說，我很想殺了他滅口但他還有利用價值，所以我要從他身上挖出關鍵句來嗎？難道我要坦蕩蕩的對他說，我對他一見傾心，無論如何都想靠近他嗎？

前者打叉，後者刪除，唯一解答只有裝傻。

他冷淡的看了我一眼，「我是來這邊上課的，很抱歉我不打算交朋友。」

——該死的男人。

——真是有原則的男人。

算了，牙一咬就豁出去了，反正也只有我和他知道，照他這種惡劣性格也不會有可以聊天的朋友。

「其實我，從那天起就喜歡上你了。」要不是他說出關鍵句，打死我都不會愛上這種人。

「這是整人遊戲嗎？」他的音調跟表情還是沒有起伏，頂多就是越來越嫌麻煩的樣子。

「我是認真的。」

「妳的表情跟說話內容不大一致，上一秒鐘那種一閃而過的兇狠如果沒出現的話，說不定我會相信妳說的話。但就算是真的，很抱歉，我一點興趣也沒有。」他居然這麼乾脆拒絕我？

「所以我沒有想跨越什麼，只是希望能跟你當個朋友，偶爾可以說說話這樣，真的。」

總不能源源本本把老頭跟晶片的事情告訴他吧，說不定他除了覺得我是麻煩之外，還會覺得我是瘋子。一個愛他的陌生女人，跟一個愛他的陌生瘋女人，雖然只差了一個字，但不管怎麼樣被歸類到後者就沒戲唱了。

他只是冷淡的看了我一眼，感覺只要我再積極一點他的眉心就會皺起，就算我不是天仙絕色，好歹也能靠這張臉騙騙別人，加上我都已經這麼不要臉的「告白」了，他居然連一點虛榮的開心都沒有，反倒是散發不很明顯的不耐煩。

于澄，為了妳的人生為了妳的愛情，面子算什麼。

「如果可以的話，下課之後可以一起喝杯咖啡嗎？附近有間店聽說不錯。」

「小姐——」看他的姿態百分之兩百是要拒絕，所以我很快的截斷他的話。

「上了一天班也累了吧，我可以請你喝咖啡，就當作一種放鬆啊。」居然連這種話我都說得出來，我好唾棄我自己。

「小姐，的確上了一天班又來這邊上課很累，所以我只想回家休息，謝謝妳的好意。」

這是我二十五年來第一次追著男人追著愛情跑，還開口說要請他喝咖啡，結果居然對方連考慮都沒有就直接回絕，我想不用十年之後，十分鐘之後我可能就會含恨而終了。

「是不是你討厭我，還是……」

他終於決定不壓抑自己的不耐煩，但還是耐著性子回答我：「不是妳的問題，對我來說愛情就是件麻煩，所以無論妳試圖做些什麼，都只會讓我覺得更麻煩而已。」

我定格在他句號的瞬間，這個論調也太過熟悉，如果沒有那張晶片我可能會附和這個男人，但重點是現在我身體裡面不但有晶片，而且還是被這個覺得愛情麻煩的男人啟動。

我好想罵髒話。

但最後我把那個打算顧影自憐的花癡澄打到一邊，冷冷的看著林宇揚，用著我平時的冷淡語調：「愛情確實很麻煩，但現在的我沒有愛情會更麻煩，所以無論如何我都不會放棄。」

他瞄了我一眼，似乎對理智澄的興趣比對花癡澄大多了：「這才是本性？剛剛那個花癡女演得挺失敗的。隨便妳，反正結果是一樣的。」

狠狠瞪了他一眼，把注意力全部擺放在已經開始上課的講師身上，就說了愛情是麻煩，而且我遇到的還是一個比麻煩還要麻煩的男人。

□

「該死的男人該死的男人該死的男人……」

我把枕頭當作那個男人用力的扭打，阿平一臉嘖嘖稱奇的望著我，期間可能還因為我太過用力而心疼的看了幾下他的枕頭，總之我顧不了那麼多，讓理智主宰不代表沒有火氣。

「很久沒看見妳這麼激動了耶，我記得上一次好像已經兩年多了耶。」

「你少在那邊風涼。」好不容易消耗了大半的體力，連帶也沒有氣力去憤怒，我癱坐在阿平的床上，用最後的力氣把枕頭踢下床。

「不是一直告訴妳嗎？把關鍵句告訴我，然後讓我成為妳愛上的男人，這樣不就太完美了嗎？」

我跟阿平從小認識到大，一直都是最好的朋友，雖然他從國小就開始跟我告白，但他每次告白我每次拒絕，他居然還堅忍不拔地撐到現在；但這點並無損於我跟他的友情，至少我對這兩件事是分很開的。

他也是唯一一個（當然那老頭除外）知道我被植入晶片的人，就跟我一直逼老頭招出晶片位置一樣，阿平也老是在我耳邊碎唸要我說出關鍵句。

「就算你知道我愛上你是因為晶片也沒關係嗎？這樣你的自尊跟你的愛情總有一天會被懷疑與不安磨光的。」

「人就是犯賤啊，連替代品都有人肯當了，不過就只是起點不一樣而已，結果妳還是愛上我啦。妳看，現在愛上一個陌生男人，還犧牲我一個枕頭，是有比較好嗎？」

「你口口聲聲說愛我，間歇性的跟我告白，你倒也間歇性的交女朋友嘛，還敢講那麼大聲。」

「就是想說跟其他女孩子交往，會不會抹滅一點妳在我心中的地位，但每次嘗試都只是重複驗證我愛妳有多深啊，所以我才會到現在還在愛情海裡浮浮沉沉。」

「少把責任全部推到我身上，你這個人，說話的內容跟行為根本就完全相悖。」

阿平掛著淺淺的、帶有一點幸災樂禍的笑，邊咬著巧克力棒，就像是隔壁人家失火，他站在人群裡邊拍照邊說著「真是可憐呢」一樣。

「這不是重點對吧，基於我那麼愛妳，我一定會提供很多方法讓妳不要再被拒絕，這樣快點解除晶片功能，妳就可以奔向我的懷抱啦。」

「你是能有什麼好辦法？」

「好歹我也是個男人，當然會知道怎麼樣才能勾起男人注意力啊。」

「少廢話，快點說啦。」

是國小老師當久了就會有這樣拐彎抹角的職業病嗎？雖然他怎麼看都不像個老師，但這時候的口吻根本就像是在教小學生一樣。

「妳說，他跟妳一樣都嫌愛情麻煩、又很冷靜加上冷淡，嗯……就是男版的于澄嘛。」我瞪了他一眼，但這時候打斷他只會讓他又扯到別的地方去，「我對這種人最沒轍了，不然妳早就愛上我了……」

「羅、平！」是每個人輪流來挑戰我的自制力嗎？

「好啦好啦，那就只好賭他的紳士風度啦，例如把自己搞得很可憐，然後他就會把妳當作小貓一樣來摸摸頭，然後妳就可以順勢黏到他身上，最後就賴著不走啦。」

「這什麼鬼建議。」

「翻譯成一般人聽得懂的呢，就是妳要讓自己陷入一個困難的狀態，讓他不得不幫妳。」

我認真的思考阿平的話，雖然這樣根本是耍心機，但跟裝可愛或是表現氣質程度上也沒差多少，「你難得這麼有建設性呢。」

我可以感覺到從踏進研究室之後，一路走來都是助手們偷瞄我的眼光，不過就是那天用力的甩個門，有必要戒慎恐懼那麼多天嗎？算了，反正這樣剛好也可以打死幾隻蒼蠅，雖然我最想打死的是那個糟老頭。

「于助理……」

手剛放上門把，旋到一半的時候就聽見一道有些猶豫的聲音喊住我，我並沒有鬆開手，只是微微側過頭望向聲音的來源。

來了，蒼蠅一號。

「有什麼事嗎？」

「那個，雖然不知道該不該問，但那天是不是和博士發生了什麼不愉快？于助理，妳不會離職吧……？」重點是最後一句又何必浪費前面三分之二的時間。

「我想離職也走不了，再說、我一直以來都跟老……」我很有職業道德的，出了老頭的私人地盤之後，就會替他保留顏面，所以我硬生生吞回了「老頭」這兩個字，「博士很平等的溝通，所以那天也只是因為公事。」

「我們都很擔心呢。」有了蒼蠅一號壯膽之後，蒼蠅二號也出現了。

「謝謝你們的關心，我該進辦公室了。」

接著就把蒼蠅們的惋惜關在門外，原來除了蟑螂打不死之外，蒼蠅的生命力也那麼強。

整間研究室那麼多人就只有我一個女的，再加上刻意保持的距離，大概也是勾起他們興趣的因素之一，但最重要的莫過於糟老頭三不五時就在助手面前誇我，我自己聽了都想反駁的程度，所以有那麼多隻蒼蠅一半以上都是老頭造成的。

一開始植入晶片那陣子，老頭甚至還會刻意在我身後丟筆，幸好助手們都是以「于助理」稱呼我，但聽見某人愉悅的說：「于助理，妳的筆掉了。」我還是會嚇得冷汗直流，如果對象是研究室裡的人，先別管蒼蠅本身的吸引力，光是想到要被老頭「就近觀察」就想咬舌自盡。

「小澄澄，妳來啦。」

「哼。」放下包包之後的第一件事情還是幫老頭沖咖啡。

「昨天的日文課如何啊？我可是很關心我們家小澄澄跟熱心的撿筆男孩的戀情呢。」

「男孩？你以為是校園愛情故事啊。」把咖啡放在他桌上，「對，你沒提到我還沒想到，除了愛上對方之外，你還在晶片裡設定了什麼？」

「當然有啊，」老頭居然得意了起來，「不然只用來啟動愛情很浪費耶，我參考了很多言情小說跟愛情小說，還為了這張晶片我租了很多少女漫畫耶，雖然想寫一點瓊瑤的經典台詞，但時代背景好像不是很搭，只好忍痛割捨了。然後啊，還有我個人豐富的經驗……」

根本不用套話或逼問，老頭就滔滔不絕的炫耀他在晶片裡設定了多少風花雪月的台詞跟想像，差點讓我以為原來我體內沉睡著一個沒腦的花癡人格，但也因此我根本就不想讓晶片在我身上多待一秒鐘。

「夠了。簡單來說就是你加了一堆沒腦設定？」

「什麼沒腦，那叫感性、感性懂不懂！愛情裡用那麼多腦做什麼，正好可以讓妳體會『發自內心』的感情和感動。」

「你到底為什麼非得要弄出這張晶片不可?」

「因為理性的人不好玩啊。」

「什麼?」聽見老頭太過理所當然的回答，我差點衝過去掐住他的脖子，「就因為這樣你打亂了我整個人生?」

「人生本來就沒有規則可言，要懂得隨機應變。」

「至少不是被這種非自發性的愛情牽制住。」

「愛上一個人本來就沒有道理可言，晶片不過就是作為一個起點，其他的還是要靠妳跟對方的相互作用吧。太過執著於『你為什麼會愛上我』這個問題的人，終究是看不清自己手中的愛情的。愛就是愛了，在愛情裡的人們，該考慮的是如何去愛，而不是為什麼要愛。」

「我根本不想要愛情。」

「唉呦，妳一向那麼聰明為什麼要糾結在這一點呢?我也不想變老啊，但是白頭髮還是長出來啦，不過這樣我正好可以轉型成銀髮紳士，很棒吧。我可是很有行情的呢。」

誰管老頭有沒有行情，我嘆了一口氣，坐回辦公桌前，有氣無力的蓋著章，就算要愛也不是這麼艱難的境地吧，這樣跟愛上直男的同性戀有什麼兩樣？不是不可能，但可能性比微光還微小。

03

想要擁有對方卻不願意被對方完全擁有，希望自己是對方最愛卻不見得最愛對方，我們都想在愛情之中保有一塊私有領域，卻又蠻橫的想搶奪對方的所有私我。

生平第一次體驗到「又期待又怕受傷害」的感覺，更進階的還混雜了「好想殺人滅口」的意念，不能否認的，愛情正是因為同時涵蓋了各式各樣，並且時常是自己意料之外的意念與情感，才會成為各個時代中大多數的人群們不斷的想像與追逐。

然而這也是我隔開愛情的主因。

我討厭意料之外的事情，更討厭湧生自己也想像不到的情感與意念，因為不在預期之中，也就必須耗費更多心力去面對。

簡單的來說，就是麻煩。

但踏進那間研究室就是我一連串「意料之外」的開端，不管是老頭、晶片，還是不得不接受的愛情。最出乎意料的就是那個撿筆男。

每個人都希望在愛情中遇見與眾不同的那個人，白馬王子正是因為騎著白馬而提升了他的價值，所以少女們都極力找尋所愛之人與他人的不同點，並且期待這樣的獨特只能被自己霸佔、或是只被自己發掘；但此刻的我，卻恨不得我遇上的是一個平庸至極的對象，而不是像林宇揚這麼「獨特」的存在。

人生就是這樣，當你覺得自己已經夠衰的時候，還是會發生更衰的事情。否極泰來，天知道等到那個「極」到來之前，自己會不會已經被整死了，哪管得了「泰」在哪裡。

不管我怎麼掙扎，為了達到目的（不管是哪一個），我還是認命的坐在林宇揚左邊了。然後我的心跳又開始加快，臉頰也開始發熱。

既然上次發現他對理智澄比較有興趣，那我今天所要做的就是用力把花癡澄壓下去就好，但這件事並不是像講起來那樣輕鬆，慾望啊情感啊永遠比生理上的疼痛和饑餓這類的感受難以遏制，所以我的胸口又開始翻覆，眼角的餘光也不由自主的瞄向他。

我並沒有主動和他打招呼，不是要玩欲拒還迎的把戲，這招對他絕對沒有用處，只是在好不容易壓制住花癡澄之後，我根本就一個字也不想跟他說，但這樣下去絕對無解；我很無奈的在心中嘆了一口氣，明明就知道那是麻煩，還不得不自找麻煩，人為什麼非得這樣沒事找事做？

人喊著沒有時間運動、沒有時間吃飯或是沒有時間好好陪陪家人，但又哪來那麼多的時間談戀愛？

一直到了中間休息時間我終於做好了再次踏進麻煩的心理建設，既然拐彎抹角沒有用，那就單刀直入好了。

某種程度上而言，撿筆男跟我算是同類，所以只要當作是在對付自己，這樣好擬定戰略多了。

「要怎麼樣才能追到你？」

「嗯？」他似乎正在思考我所說的跟他所聽到的是不是同樣一件事，「這次打算直接來？」

「隨便你怎麼想，基於禮貌我先問一下，你有沒有老婆、女朋友、喜歡的對象，甚至是男朋友？」

如果他回答有的話，說不定還可以到老頭面前裝死，老頭也不會那麼狠心讓我抱著一段缺憾孤獨終老；但卻假裝不來，因為有那張晶片搗亂，要是絕望的話，花癡澄絕對可以把我搞到形銷骨立、面如槁灰，那不是我可以演出來的境界。

「如果有的話呢？」

「那最好。」雖然這個回答很不合常理，但站在我的立場是再好不過的結果了。

「妳的動機很讓人起疑。」那你幹嘛一副開始感興趣的樣子？

「你是沒看到我臉紅得那麼明顯嗎？還是你想親自確認我心跳有多快？總之就是喜歡上你了，所以你乾淨俐落一點回答，到底有還是沒有？」

「沒有。」青天霹靂，我唯一的希望也破滅了。「看樣子妳不是很喜歡這個答案。」

「你說沒有就代表我不能放棄，明知愛情那麼麻煩，卻得自找麻煩，如果是你，會喜歡這個答案嗎？」

他無所謂的聳了聳肩，「反正要找麻煩的不是我。」

看他置身事外的樣子就讓人不爽，「你好像忘記了，我不只要找麻煩，還要一起把你扯進這場麻煩裡。」

「就看妳力氣夠不夠大吧，不過我看妳，似乎也沒什麼誠意。」沒誠意的到底是誰？

「世界上再也沒有人比我更有『誠意』了，」我勾起一個自認很甜美的笑容，「重點是，你還沒有回答我，要怎麼樣才能追到你？」

「不知道。」

爛男人，這什麼鬼答案。冷靜、于澄妳要知道，既然每個人都來挑戰妳的自制力，妳就千萬不能輸，先認真的人就輸了，而且現在在和妳說話的人，是妳「愛」的男人，至少先從花癡澄那邊借一點愛意過來，不然搞到最後對他又愛又恨妳就真的完蛋了。

混雜越多的情感就表示越難脫身。因為無法割捨。

「總會有增加你好感的方法吧，愛情就先從好感開始啊。」

「如果是妳呢？」

「什麼？」

「妳有辦法回答這個問題嗎？」他輕輕扯動單邊嘴角，有點冷淡又有點嘲諷的說，「我覺得對方不要煩我最好。」

往好處想的話，撿筆男的答案跟我心中的回答相當吻合；但往壞處想，這個答案一點用處也沒有，而且我還有一種自己打自己的感覺，因為這也是我一直對老頭說的話。就是在他鼓吹我給他的助手們多一點機會的時候。

「有沒有次要答案呢？」退一步海闊天空、退一步海闊天空，當作修身養性，能屈能伸的人才會成功。

「不知道。這就是我的答案。根本不想去碰哪會去思考什麼人才能把我拉進愛情。」

「你今天心情很好？」冷靜下來才發現他今天話多很多。

「嗯？」

「跟上次比起來你話多很多。」

「真的很麻煩呢。話少不行，話多也有意見，但我今天的確是心情好。」

「那趁你心情好的時候多看我幾眼，這樣也有助於提升你對我的好感。」論文上是這樣寫的。反正感情本身就是一種偏頗。

「我怎麼感覺，妳是迫於無奈才說要追我的？追到我有什麼好處嗎？我可不是富二代，也不是科技新貴。」

「要錢不會自己賺嗎？靠個男人感覺多浮浮沉沉的，反正就是喜歡上你了，如果沒有得到你的愛情，我可能會食不下嚥、抑鬱而亡。」

難道要跟他說，要你的愛情的目的是我想甩掉愛情，怎麼聽都是一種矛盾。

雖然愛情的本身就是一種矛盾的存在。

想要擁有對方卻不願意被對方完全擁有，希望自己是對方最愛卻不見得最愛對方，我們都想在愛情之中保有一塊私有領域，卻又蠻橫的想搶奪對方的所有私我。

非得要全部佔有之後才能感到踏實，將對方私我的奉獻視為真心的證明，卻又在對方要求自己全部交出時百般抗拒；給了就沒有退路了，害怕全盤皆輸，也害怕會有一天受到正面且毫無屏障的傷害。

愛情就是這樣相互拉扯、相互矛盾，卻也相互沉淪。

越愛越無路可退。

他勾起一抹意味深長的笑容，「妳的言行舉止完全不一致，隨便一個路人都可以看出說要追我並不是妳的本意。」

「因為愛上你並不是我的本意。」

「是嗎？愛情的確不是能躲就躲得開的，但妳也很認命嘛。」這男人明顯就是在揶揄我。

「你糾結那麼多幹嘛，你也知道你沒什麼好讓人貪圖的，所以可以放棄猜測我的目的，既然愛情那麼麻煩，就乾脆一點走最乾淨俐落的路徑。你聽好，第一、我的確不想要愛情；第二、但事實上我已經愛上你了；第三、我並不是認命但既然愛上就去追，愛情最無謂的就是顧影自憐或者藕斷絲連，所以我會盡我所能去得到你的愛情，得到最好、得不到拉倒，就是這麼簡單。」

如果沒有愛情我何必浪費時間浪費口舌又浪費腦細胞？

「是嗎？那妳加油。」這男人根本沒有把我的話當真。

我瞪了他一眼，但因為花癡澄突然的一個施力，讓我一點狠勁也沒有，反倒像一種裝可愛的怒視；算了、當作沒發現好了，但我確切的體認到，感情的影響力有多麼巨大。

當事情被歸類在「小事」的範疇內，只要對方是被劃入我群的分子，一切都能昇華成煙霧；然而當面臨的是「大事」，我群之中的人們舉手投足都是威力十足的震撼彈。

「那把你的電話、電子信箱都留下來吧，最好補充一點你的喜好或是厭惡之類的東西。你就配合一點讓我追吧。」

我很隨意的就把筆記本推到他面前。沒想到他卻也異常配合的留下電話跟信箱，所以說聰明反被聰明誤，要是他知道花癡澄是真的愛上他，他後悔就來不及了。

「沒事不要打。」

本來想瞪他的，但在動作之前突然想到剛剛的「失敗」，所以我只好退一步冷哼了一聲，反正開端就已經不正常了，那麼我和他的「進行」也不用太常規。愛情沒有規則可言，老頭還是會說出人話來的。

什麼樣的愛情才是愛情？

思考這種問題根本就是浪費時間，有愛存在就是愛情，我想愛情的麻煩大多都來自人們本身的臆想與懷疑，但旁觀者可以這麼冷靜的評判，一踏進愛情之後，那些念頭卻不由自主的浮現。再理智也沒有用。所以我在愛情中的極端理智，有一部分的來源是距離，從來我就先劃下一個適當的距離，那是對方能靠得最近卻不能再近的長度。

因此對方離開的理由不是試圖跨得更近，就是因為無法忍受那段空白。

「一見鍾情嗎？」

「什麼？」

他突然丟出一個沒上文也沒有接續的問號，我停了一秒然後冷哼了一聲，我最不相信的就是一見鍾情這件事，但是那張晶片卻讓我在看見他之前就愛上他了。而那轉頭的一見並不是鍾情，而是讓我確認了那個存在是他。

無論如何我都沒有選擇的餘地。

愛情從來就不留一絲餘地，往往我們所能保留的空間都是那份還死抓著的自己，並不是陷入愛情之中就必然會失去自我，而是會失去自己。絕對不是一個人或者兩個人這麼簡單的劃分，最難卸除的是沾染在呼吸之間的他的氣味，黏附在肌膚之上的他的碰觸，或者滲入生命的他的影子。

那是沒有辦法被切割的，要捨棄就得連自己一併扔掉。

「越不受控制的東西越麻煩，愛情一直佔據著麻煩的首位呢。」

「這並不是我能控制的。」要是他沒有多事撿筆現在我何必那麼辛苦？

「妳根本一點也不了解我不是嗎？」

但是老頭覺得越不受控制的情感越有趣，所以他八成在晶片裡設定了一堆「野馬」程式，事實上一想到這一點不僅讓人感到頭痛，還會害怕自己到底會對林宇揚做出什麼事情來。

如果裡面包含了「霸王硬上弓」的程式，我一定會咬舌自盡。

「欸，我說，如果哪天我如果想要對你霸王硬上弓的話，你把我打昏我是不會怪你的。」

「妳真的是個怪人。」

我和林宇揚大概也算有個「友善」的開始了，雖然仔細聽的話就會發現兩個人的對話內容詭異得很，但反正他懂我懂就好。

既然有了一個好的開始，那麼興起乘勝追擊的念頭也是正常的吧。況且我本來就不喜歡耗費多餘的時間在等待上。

人生扣除睡眠之外，大概有一半的時間消磨在等待的動作之中，無論是等公車、等上學、等下班或是排隊買便當、買電影票，仔細計算就會發現，我們所等著去做的那件事，通常都無法和等待時間相互衡量，尤其是等了三個小時卻只換到五分鐘的醫生問診。

但不管是什麼樣的等待，都比不上在愛情之中的等候。

那並不是能夠簡單以時間衡量的長度，而是已經跳脫了時間空間純然在自己的世界之中運轉的漫長，一秒鐘幾乎是一輩子，而那樣等待的終點竟或只是對方的一個張望。

愛情讓我們變得卑微，也變得貪婪。在愛情之中的自己，已經不是自己所認識的那一個自我。任何的可能性都得以被勾勒，所以我從不讓自己全然陷入愛情，因為我沒有想讓自己脫軌的打算。

□

我站在大樓正門的廊下，張望著越來越大的雨勢，踏不出去也無路可退，就只能站在原地安靜的凝望著雨。

「沒帶傘？今天怎麼看都一定會下雨。」撿筆男的聲音從我左後方逐漸放大，我想他正一步步的走近我。

因為林宇揚這個名字實在太普通，就算只是默唸也很不順口，尤其是在咒罵的時候，「該死的撿筆男」跟「該死的林宇揚」聽起來還是前者順暢多了；雖然是為了方便，但事實上卻也加深了他這個人在我心中的印象，無論是林宇揚或是撿筆男指涉的都是他，不僅僅是雙重印象，並且特殊的「撿筆男」這個角色。

人的惰性是很可怕的，有時候愛情並不是因為積極才深刻，而是因為懶惰而加深銘印。

最可怕的莫過於，明知道懶惰會導致自己的沉淪，卻還是懶得移動；所以有時在愛情中越陷越深的我們，並不是因為用力掙扎或者積極進取，而是一動也不動的隨著流沙滑落。

「就是因為知道會下雨才不帶傘。」

「雨中散步？原來妳是這麼浪漫的人。」撿筆男今天心情真的很好。話有夠多。

我瞄了他一眼，像是在聊「雨真大呢」這樣的口吻說著：「因為要讓你送我回家。」

「這麼篤定我會送妳回家？」他嘲諷的勾起嘴角，但似乎又因為我毫不保留的將目的攤開來，而感到玩味。

「賭。愛情跟賭博的本質是一樣的。」

「我不賭博。」

「我也是，尤其不賭愛情。但是當無論如何都想得到的時候，賭就成為一種必然的手段。」

「是嗎？」他張開傘，「我只送妳到最近的捷運站。」

我嘆了一口氣。但花癡澄笑了。和撿筆男多相處一秒、多說一句話，就增加了一點他說出關鍵句的可能性，也提升了愛情的或然率，但同樣的也加劇了晶片引起的效應。

媽的我怎麼這麼倒楣。

然而當他送我到捷運站的這段距離裡，在同一張傘下的兩個人，那麼靠近、甚至可以說是短暫的分享了同一個世界的兩個人，卻一句話也沒有交談。我並沒有對他的心思多做揣想，因為我的沉默來自於這一整個晚上對花癡澄的壓抑，雖然不是物理上的努力，但心理層面的施力卻比生理的動作令人感到疲乏。

簡單說就是我沒力氣。連多說一個字也不想，這種狀況下我一點也不想讓花癡澄出來搗亂，雖然攪動的絕大部分會是我的自尊。

「既然賣弄心機要我送妳一程，那麼安靜是刻意引人遐想嗎？」

「你是會遐想的人嗎？」我冷哼了一聲，但最後花癡澄居然奮力的搶過腦袋的主導權，「必須在那麼近的距離裡克制我對你的愛情，就算是多說一個字，都可能會讓我變得貪婪。」

天啊，我好想死，就算我時光倒流到少女的時代，我也不會說出這種噁心肉麻的話；但事實上這段話就是從我口中說出來的……

咬舌自盡會不會比較乾脆一點？但人根本沒有那麼大的決心可以咬斷自己的舌頭，就算真的咬斷也不會死，而且不能說話之後說不定我就直接身體力行，拋開腦袋就撲倒他了。

不行、怎麼想都不行，花癡澄比我想像中的還要難纏，就說愛情麻煩死了，不僅要對付對方，還要對付自己，前後左右都是關卡啊。

「又決定改變路線嗎？」

我好想打他，但我擔心一掌揮過去之後會變成癱軟的觸碰，這樣我一定會崩潰。所以就忍耐、無論如何都要忍耐。

「不按牌理出牌才有刺激感，不是嗎？」

他聳了聳肩，似乎對這並沒有興趣，「我走了。」

「從捷運站到我家，我也是得淋雨。」

「妳有帶傘吧。」他這麼說。

「嗯。是有。」並不能排除他根本就無視於站在廊下看雨的我的可能性，我一點也不想淋雨，所以包包裡一開始就擺了一把雨傘，我完全沒有孤注一擲的精神，從來我就會留一條後路給自己，「既然知道為什麼不一開始就拆穿我？」

「大概、是因為今天心情好吧。」

這個男人，比想像中的還難以捉摸。

□

回到家的時候阿平就坐在客廳跟我媽一起看電視，爸很厲害的在那樣的環境下還能鎮定的翻著雜誌，從玄關的角度看過去，怎麼看這三個人都像是一家人。

「澄澄妳回來啦。」最後是阿平看見我，不過主因是進了廣告時間。

「嗯，我回來了。」

明明故事線不用腦袋都可以推想出來，但媽跟阿平就是能沉迷在劇情裡。我看了一眼招手要我一起坐在客廳的媽，認命的在她右邊坐下，基本上媽就是一個被感性主宰的人，加上情感豐沛到莫名其妙，說不定從小看著這樣的媽媽，所以潛意識裡無論如何都不想放棄理性吧。

不是媽不好，只是、偶爾感覺有點……蠢。

「澄澄啊，小平說妳最近談戀愛了啊？」

才剛坐下，第一個映入視野的畫面就是媽放大的興奮表情，也因為她湊得太近，讓我沒有路徑可以投射兇狠訊息到阿平身上。

「沒有。」

「唉呦，我們家澄澄從小就是這麼害羞，談戀愛就是應該大肆宣傳啊，那個男人是什麼樣的人啊？」

害羞？我就說我絕對不要變成像媽這樣的人，所有的客觀訊息進到她腦袋之後都會扭轉個幾十度，輸出的是全然跟事實不符的結論。

對於我的戀愛，媽的消息來源總是阿平，但不知道為什麼，這個從小扶養我長大的女人，一直以來都把我對愛情話題的冷淡視為害羞的表現，每次簡單的跟她說「喔，分了」，結果抱著我大哭的人是她。

「兩個眼睛一個鼻子一個嘴巴的正常人。」

眼角餘光看見爸在偷笑的嘴角，這個家庭是很標準的分配圖，極端感性的媽、正常人爸爸、極端理性的我，但相處了幾十年，爸在某些向度上也會顯露出偏向感性的態度，扣除掉媽這個可怕的影響源，不得不承認的是感性的牽扯力往往比理性來得大。

不用腦袋的事情總是比較簡單。

媽總是跟我說愛情很簡單，順著感覺走就對了，就是因為思考太多才會模糊了愛情的本質；然而就是因為有一群不用腦袋只憑感覺走的生物，才會弄出一大堆爛攤子要其他人收拾，既然就任性的順著感覺走，也就任性的對闖出來的禍視而不見，唯一解就是找一個像爸這樣認命配合媽又苦命善後的人。

對媽來說，簡單俐落的愛情根本就不叫愛情。

「小平都跟我說了，是在日文課上遇到的同學吧。天啊，好浪漫喔……」是哪裡浪漫？我想躲回房間但媽緊緊的抱住我的手，就像高中小女生那樣的舉動，「兩顆因為工作而感到疲累的心，在難得能夠放鬆的課堂上彼此相遇，進而彼此慰藉……這樣的愛情，在第一眼就能決定了吧。澄澄對吧對吧，你們是一見鍾情吧！」

去你的一見鍾情。連見都沒有，光聽見聲音就啟動晶片了，但如果這樣告訴媽，媽的浪漫因子會更氾濫，大概會說什麼，連一眼都不必，聽見聲音就知道我命中註定屬於你之類的台詞。

媽除了愛看電視、小說之外，她還是中文系的。

「就跟妳說了，現實生活不是偶像劇。」

「澄澄啊，偶像劇就是建構在某種程度上的可能性上面，所以大家才會那麼著迷啊。」

「總之就沒什麼啦，我跟那男的也沒什麼發展。」

「妳一定要好好把握！愛情是稍縱即逝的，就像我當初一看見妳爸爸，就知道他是我的真命天子了。」

二十多年來，我一直無法理解媽為什麼可以流暢的說出這麼噁心肉麻的話，但慢慢的我終於發現，爸會這麼認命除了愛媽之外，有一部分是媽在愛情裡實在太「勇往直前」。

正常人是抵擋不了一個把自己當作世界中心愛著的對方的。我說了，爸剛好是這個家唯一的正常人。

「節目開始了，妳專心看電視。」然後我試圖把她的章魚爪拔開，卻徒勞無功。

最後我就被抓著一起看完偶像劇，就是很簡單的兩個優質男爭奪一個平凡女孩的基本故事線，不用多認真就可以發現，一半以上的愛情故事都是這麼演的，因為主要客群是女性，所以設定了女主角是平凡的身分，但卻同時有兩個夢寐以求的白馬王子要她的愛情。

偶像劇的魅力就是因為觀看者能夠把自己投影為當中的某個角色，進而產生巨大的幻想，最後陷入。

「這麼說，我們家澄澄也是女主角了耶。」媽很認真的看完下集預告之後，沒頭沒尾的丟出這句話。

「什麼？」

「妳不是有小平嗎？加上補習班的男人，這樣我們澄澄就會陷入愛情的三角煩惱了……」

啟動的其實是愛情的意念，說出那句話的人只是一個明顯的投射對象，所以如果澄澄自主意識冒出頭，想要愛上別人其實是很簡單的。

「不覺得阿姨的提議很棒嗎？」

「什麼提議？」

「愛情的三角煩惱。」

「羅平你可以再無聊一點沒關係。」

我趴在床上看著坐在椅子上玩著魔術方塊的阿平，花了一個晚上壓抑花癡澄讓我筋疲力盡，所以現在我的腦中浮現的全是撿筆男的身影。無論是背影、側臉，或是他冷淡勾起的弧度，多一次的描繪，就加深了一點對他的想望。

「妳真的以為這麼多年來，我的告白都只是一種玩笑嗎？」

阿平的音調太過認真，我當然沒有遲鈍到這麼以為，然而總是在笑鬧之中告白跟拒絕的我們兩個人，隱藏的仍然是不想打破現狀的意念，只要哪一方用著認真的眼神唸出相同的字句，那麼勢必會產生彼此不得不面對的新糾結。

然而這一瞬間的阿平，無論是音調或是眼神，都沒有任何笑鬧的意味。

「阿平……」

「很不甘心呢，我一直在想，如果哪天真的出現一個能夠符合妳『理性愛情』需求的人，或是真的出現一個讓妳打破理性的人，那麼我也就認了。但是因為一張無關緊要的晶片，就讓妳陷入愛情，我怎麼想都不甘心。」阿平毫無遮掩的眼神投向我，「既然晶片啟動了妳的愛情，那麼也一併啟動我對妳的愛情吧。」

「阿平，晶片的影響不是我能控制的。再說，等到讓對方說出關鍵句之後，一切就會回到原點了。」

「但是我不想永遠都和妳站在原點。」

我看著難得這麼認真說話的阿平，輕輕的嘆了一口氣，我知道總有一天阿平會執意走過來，但卻還是懷有著他關起對我的愛情窗口的可能性。

他說，「就給我一次機會吧。因為妳怕麻煩，所以我一直努力讓我們之間乾淨俐落，但既然妳現在都陷入了繞成一團的麻煩裡了，加我一個也不是多糟糕的事情，等到晶片功能解除之後，我就會退回原本的那個羅平。」

「不覺得是白費力氣嗎？」

「人啊，最奇妙的一點就在於，就算知道不會有結果，但還是想要努力。因為最重要的大概已經不是結果了吧，而是妳。」

我爬起身，盯望著阿平好一陣子，最後終於放棄在他眼神之中找尋一絲笑鬧的痕跡，「隨便你吧。」

情況已經不是我能控制的了。

「這句話能引發的自由聯想空間很大呢。」阿平笑得很愉悅，但是我的頭越來越痛。

「我要睡覺了，你今天就放過我吧。」

「怎麼樣才算是放過妳呢？」

阿平起身到我身邊坐下，從來他就會跟我保持一段適當的距離，並不是多麼在乎男女之間的界線，而是擔心靠得太近他隨時都會試圖更靠近。當然這是阿平自己設下的防線，所以他也能夠輕易的打破吧。

「例如讓我睡覺之類的。」

「嗯。」

在他的聲音之後，接續的是他慢慢放大的臉孔，最後他在我的額際落下一個輕輕的吻，「我知道妳這陣子很累，但是愛情除了麻煩之外，還有很多是就算麻煩也還是讓人想攬上身的部分。」

很無奈的我知道自己臉紅了。

更無奈的是我知道那是因為花癡澄的緣故。

但是看見我泛紅雙頰的阿平卻因而展開耀眼到讓人想打他的笑容，「果然沒猜錯呢，看來晶片啟動的除了是妳對那個男人的愛情，感性面也一起被激發了呢。」

「很有成就感嗎？」因為太累所以不打算改變靠在阿平身上的姿勢。

「當然啊。至少彌補了我少男的創傷。」

「你真的很會記恨。」

阿平最得意跟最難過的事情大概是同一件吧，如果是指在我和他的「愛情範疇」裡的話。

忘記是第幾次阿平的告白，他說「不然妳讓我親一下，如果妳一點反應都沒有的話，我就放棄妳」，所以我指了指臉頰，沒想到該死的阿平居然貼上我的唇，那是我的初吻，所以對這件事他一直很沾沾自喜，但事實上我一點反應都沒有，連臉紅都沒有，雖然他後來很無恥的忘記「我就放棄妳」這個承諾，但至少他的告白潛伏了兩三年之久。

「一想到澄澄會因為我的舉動而臉紅心跳，就有一種莫名的愉悅感呢。我並不是想要得到什麼結果，只是至少讓我得到一個『自己的愛情並不是對妳一點影響力都沒有』的結論吧。」

「說到最後還不就是你的私心。」

「愛情本來就是私心。」他伸手不很用力的抱住我，「睡吧，從小妳就喜歡這樣靠在我身上睡覺，但從國中開始就不肯了吧，等妳睡著我就回去，嗯？」

「阿平，愛情可能會讓你受到傷害。」

「那也只是可能啊，再說，因為是澄澄跟我吧，所以不會有問題的。」

「如果是花癡澄的話，說不定會喜歡上你。」

「這麼感性的澄澄，如果能持續久一點也不錯。快睡吧。」

「嗯。」

但一直到了阿平離開的時候我都還是醒著，所以我知道他花了很長一段時間坐在我身邊，然後留下一句很輕很輕，如果不是在這樣的夜裡根本就聽不見的聲音……

然後我就因為那句話失眠了。

「這麼有趣的場面不加入不就太對不起自己了嗎？」

□

我才剛揹起包包要走出老頭辦公室的時候，助手甲就敲門進來告訴我，有個「男人」在外面等我。就算不是很用心在聽，也能夠清楚分辨出助手甲在「男人」這兩個字上有多麼加強語氣，而且是咬牙切齒的那種。

在這裡工作的好處就是那群研究的人，大部分都不會惺惺作態（雖然某種程度上也能說是不懂人情世故），但偶爾這個特點也會讓人覺得麻煩，例如現在。

「小澄澄啊，男人耶，是男人耶，該不會是那個撿筆的真命天子吧？沒想到我們小澄澄追男人的功力這麼厲害。」

瞪了老頭一眼，撿筆男跟我的「進展」就只有從日文教室到捷運站的那一段路，更何況他根本不知道我上班的地點，我嘆了一口氣，站在門外的人有百分之九十五以上的機率會是阿平。

果然。推開門那瞬間就看見他很燦爛的笑容，尤其在那群助手當作背景的前提下，就更耀眼了。

「我來接妳下班。」

阿平說完這句話，根本沒有時間差，四周就投射過來怨懟的眼神，該死的阿平，還有那些該死的助手們，憑什麼這麼怨懟的望著我，還一副我背叛了他們的表情。

「是博士嗎?你好，謝謝你一直照顧我們家澄澄。」

……我們家、澄澄。這句話說完之後，那種怨懟的眼光擴展為包覆整間研究室的霧氣，就是交織著哀怨和心碎還有一點氣憤的味道。

「澄澄幫了我很多忙。請問，你是撿筆的那位嗎?」

這什麼提問方式，老頭一走出辦公室就會披上羊皮，但又克制不太住自己的好奇心，所以仔細看就會發現他的眼角揚起的是一種興奮的角度。

「不是。但拜博士之賜，澄澄最近變得很感性，所以我想大概可以趁這陣子絕地大反攻。」

我已經不想理這兩個男人了。如果沒有聽見昨天晚上阿平那句話，我可能還會掙扎一下，但這傢伙擺明就是來搗亂的。

總之，阿平的主要目的是來把我的愛情攪得越亂越好，順便看有沒有縫隙可以伸手把我拉到他「女友」的位置上，所以我說、愛情這種被擺在「有趣」之後的情感，為什麼非得讓人耗費那麼多心力？

「這樣啊，比我想像的還要有趣耶。」

「我今天來主要是有一件事情要向博士確認，指向是可以被扭轉的嗎？」阿平指的是在晶片功能解除之前我有沒有可能變心愛上他。

「有點難，但不是不可能。」之後博士跟阿平招了招手，要他靠過去一點，「啟動的其實是愛情的意念，說出那句話的人只是一個明顯的投射對象，所以如果澄澄自主意識冒出頭，想要愛上別人其實是很簡單的，但難就是難在那傢伙的個性實在太扭曲了。」

「是這樣沒錯。」

我決定裝作什麼都沒聽見。

「簡單來說，晶片啟動的是『愛情』本身，而不是對某個人特定的愛情，雖然對說出關鍵字的那個人會湧生比較強烈一點的情感，就是像愛情錯誤歸因那樣。」

「的確是讓人很開心的情報呢。」

「加油啊，小子，我很看好你的。」

「那如果澄澄最後愛上我的話，就表示晶片永遠無法解除功能囉？」阿平的聲音也太愉悅了。

「對！她會愛你一輩子。」

□

「妳要不要乾脆一點愛上我？雖然我的身上沒有晶片，但如果是妳的話，永遠都愛妳對我來說是很簡單的一件事。」

雖然兩個人和平常一樣肩並肩走在路上，然而不管是距離的拿捏或者互動的姿勢似乎已經開始產生微妙的差異；如果冷靜分析就會知道，就算是全然相同的兩個畫面，當前提不一樣的時候就會產生截然不同的認知。

因為花癡澄是無法像理智澄一樣，把愛情跟友情分得清清楚楚。一個「喜歡著自己的朋友」在花癡澄心中的位置絕對無法乾淨的只用「朋友」的立場去思考對方的心情。

所以說麻煩得要死，像是跟朋友出去吃飯這類稀鬆平常的事情，如果變成了「跟一個喜歡自己的朋友出去吃飯」瞬間就曖昧了起來，甚至還會被指責「妳不該再給他任何機會」，所以說有了愛情的心思之後，就必須連友情也一併丟棄嗎？

「永遠這兩個字是很浮誇的承諾，不管在說的那當下多麼真心、多麼堅定，也無法增加這兩個字的可能性。」

「澄澄，感情是無法這麼理性分析的，愛情最讓人刻骨銘心的並不是永遠，而是感動的那一個瞬間，正因為想抓握住那一瞬間的延續，所以才會努力追求永遠。因為，唯有妳，才能那麼用力的撞擊進我的心底。」

人啊，無論再怎麼冷靜客觀，最後也只能客觀的接受人根本無法全然客觀的這個事實。

理性並不是缺乏感情，只是會比一般人冷靜而客觀的去分析這樣的感情之中包含的因素與來源，所以我並不是不感性，只是程度比一般人低很多罷了。

「你是這幾天又看了多少小說？這種台詞去對我媽說會比較有用。」

「因為博士剛剛告訴我，晶片裡面似乎被加入了很多經典台詞跟橋段，所以說不定這些話也能引起妳共鳴啊。」

「我只覺得噁心得要命。」

「那是妳啊，說不定另一個澄澄很感動呢。我的策略就是先讓她愛上我，然後慢慢再來對付妳啊。」

「她？說得好像幽靈一樣，你可以乾脆一點叫她花癡澄。但至少現在沒用，我腦袋還很清醒。」

「是嗎？那我再感性一點讓妳頭痛一點，或者讓花癡澄感動到戰勝妳，也不失為一種好方法吧。」

我嘆了一口氣，從小老師給阿平的評語就是「認真進取、努力不懈」，就這點而言，阿平各方面的一致性相當高，在愛情裡也不例外。

「我肚子餓了。」

「原來再怎麼理性的人遇到感情問題也還是會選擇逃避啊。」

「因為太麻煩了。要思考太傷腦細胞的事情之前，必須先補充養分。」

「是嗎？至少我也升級到可以大量消耗妳的腦細胞的程度了。」

從小到大我最討厭他現在的這種笑容，就是那種在我身上很簡單就能感到滿足的上揚弧度，在反光之中會讓我看見自己在他的心中重量已經比自己想像的還要沉，但那卻是我無法負荷的刻度。

我不想成為阿平肩上的重量，但有些時候並不是自己沒有給予就可以抹滅這部分的印象，因為自己的存在並不僅僅在自我本身，在任何一個人的眼中也都存活著某部分的自己。而在阿平心中映照的那個我，在每一個分秒之中都越來越沉重，連帶的也讓我不得不正視他所抓握的那一個我。

越是安靜不吵鬧的對方，越是讓人無法像拍拍灰塵那麼輕易的撢開。

我用力捏了右臉頰，如果體內沒有花癡澄存在的話，就算是阿平我也不會考慮那麼多，因為把阿平的愛情看得越重，只會徒增他的期盼和我的頭痛。

「但是有時候，感情就是越思考越亂，越看不清本質。」

「所以先吃東西比較重要。」

至少先讓我把腦袋調整好，現在不僅是理智澄、花癡澄和撿筆男的「三角關係」了，還加入阿平成為一場愛情的大混戰；當中最孤立無援的就是理智澄了，因為那三個人的共同敵人似乎都是理智澄。

但我最想保有的卻是理智澄。

「那去吃點甜食吧，糖分是最快能被吸收的。而且大腦也只吃糖而已。」

「我討厭甜食。」精緻糖類是全然不必要的存在，但卻容易讓人成癮，糖分並沒有比古柯鹼好到哪裡去。

「偶爾為之也不錯吧，就像愛情一樣，偶爾把麻煩攬上身也不錯，至少讓生活有趣一點。」

阿平很愉悅的牽起我的手，我並沒有掙開或多做反應，雖然花癡澄有點害羞、心跳加快了一點，但還不到理智澄需要耗費太大力氣的程度。

但是我還是無法想像愛情的另一端站著的人是阿平的畫面。

雖然放上撿筆男的畫面也怪怪的。

正確的來說，不管是放上誰都顯得不太搭調，因為我從來沒有湧生過跑向另一端的念頭，談過的幾次戀愛都是對方已經站在身邊（也或是我忽視了他們走過來的那段路），總之我並沒有張望過愛情的投影。

「我說，你現在這樣牽著我的手，跟感情好的兄妹走在路上沒什麼兩樣，也就是說、我們兩個之間根本沒有愛情的氛圍。」我盯著他拉著我的手，最後還是決定拉開它，「跟哥哥還是弟弟牽手我還是覺得怪怪的。」

「妳還真是會打擊人，還是說妳心中存有著這種禁忌性戀情的渴望？」

「羅平。」冷冷的看了他一眼，「我從來沒有設想過愛情，更別說是跟你了。」

「真傷心，但是我有啊，雖然事實上這樣的想像一點用也沒有。愛情除了無法隨心所欲之外，更重要的是我們往往要的比設想還要多，所以倒不如一開始就什麼都不要想，雖然是很難的一件事，但從喜歡上妳開始，我對和妳的愛情的想像就一點一點的磨去了。」

「你確定磨去的是想像而不是愛情？」

「如果站得那麼靠近還分辨不清，那麼我這些年看妳不就只是看心酸的。」

「就是因為站得太近，在焦點之內反而是一片模糊。」

「開始變感性了啊，那妳聽好，好不容易才能有一個跨步的機會，如果這一秒放棄的話，那麼我一輩子都會痛恨那一秒鐘的那個自己。」

「但是如果我愛上你，就等於失去了不愛你的權力。而且總有一天，你會開始懷疑，我的愛情是發自內心，還是源於晶片。」

「博士也說了，晶片啟動的是愛情，而不是對特定某個人的愛情，所以如果妳走向我，加上我並不是講出關鍵句的那個人，還有什麼需要懷疑的呢？」他笑著我，「況且，妳失去了不愛我的權力之後，不就離『永遠』更近了嗎？」

為什麼這個阿平在愛情裡突然變得那麼精明？

我很無力的嘆了一口氣。

「愛一個人不就是要讓對方過得幸福快樂嗎？」動之以情、動之以情，世界上沒有人比阿平更明白何謂我的「幸福快樂」了。

「所以我一直很安分守己啊，但既然妳身上的晶片已經啟動了，就已經跟妳的『幸福快樂』背道而馳了吧。」

「羅平你會遭天譴。」

「但現在老天在對付的是妳吧。」

「才幾天沒見到你，不知道為什麼就好想你，而且看到你的那一瞬間，才意識到我的思念有多深。」我好想咬斷自己的舌頭。

該死的糟老頭。

自從這陣子阿平都準時在下班前五分鐘出現在辦公室外之後，老頭就越來越興奮，還突發奇想的在星期六辦了實驗室的聚會，表面上的名稱是一種慰勞，但老頭對我說的版本是「因為阿平的緣故，助手們的氣氛都很低迷，所以我有責任義務陪他們一起出去玩」。

浪費了一個星期六也就算了，老頭又突然塞了一堆工作給我，而且連那種莫名其妙跟他現在手上作業一點關聯也沒有的資料也要我整理，總覺得他包藏禍心，但卻沒有太過顯露的目標，加上工作也不是我說不做就能不做的。

所以這幾天下來，我累得半死，巴不得立刻趴在床上睡覺，但今天還有日文課，而且阿平堅持要送我過去。雖然誰都明白他想阻礙我跟撿筆男的「發展」。

但是我現在心涼到輕輕一打就會破碎的程度，因為糟老頭在我下班之前用著太過開心的語調對我說。

「小澄澄啊，這幾天我一直在做實驗的前置作業。」

「然後呢？」他不是天天都在做實驗嗎？哪有什麼好跟我說的。

「雖然各大文獻都已經證實了，偶爾做個重複驗證也不錯吧。」

「可以麻煩你說重點嗎？」

「當然可以啊。」笑成這樣真的很想一掌打下去，「這是一個生理影響心理的實驗，我想知道當一個人生理很疲累的時候，心理上的控制力是不是也會被等價削減。」

一秒鐘。兩秒鐘。三秒鐘。沉默在我跟老頭之間蔓延，我惡狠狠的瞪著他，一直告訴自己要冷靜，但他的實驗在這一秒鐘就已經得到驗證了。

「去你的你在惡整我？」

「女孩子說粗話不好啦，而且我可是抱持著偉大的實驗精神耶，怎麼把我說得像壞人一樣。」

「用『壞人』這兩個字太便宜你了，你根本就是變態！」

「我可是用心良苦耶，就是要讓妳好好的體驗讓感性主導的感受，說不定明天上班妳就會跟我說謝謝。」

「鬼才會跟你說謝謝。」

「唉呦，妳也知道人家不是很相信神鬼，所以只好相信我自己的實驗成果啊。」

「我總有一天會在你咖啡裡下毒。」

「至少在晶片解除之前我還是安全的啊。」媽的這個變態死老頭。

他看了看牆上的鐘，「妳的阿平小親親已經在外面等妳了吧，真精采，一次面對兩個男人。自己愛上的人，跟愛上自己的人並不是同一個，到底該怎麼辦呢？是要讓自己的愛情轉向，還是要讓對方的愛情轉向自己呢？不覺得是人生的重大抉擇嗎？順便還可以作為性格測驗耶，沒想到我對心理學也有些貢獻……」

不打算理會老頭又開始沉浸在自己自戀的小宇宙之中，我拚命忍下掐住他脖子的衝動，抓起包包轉身用力的把門甩上，距離上一次甩門並不是多久之前，但我想接下來那群助手們會越來越習慣才是。

「澄澄？怎麼了嗎？氣到臉都紅了。」阿平一臉不解的看著我，接著撥了撥我的瀏海，用他略顯冰涼的手貼上我的臉頰，「這樣有降溫一點嗎？」

討人厭的阿平，他這樣做降的是怒氣的溫度，但拉高的是害羞的泛紅，反正結果都是一樣，高興的就是老頭跟阿平。

拉開他的手，沒好氣的對他說：「你這樣做只會讓我臉更燙。」

「沒辦法，實在是太過有趣了，光是看到澄澄臉紅的樣子就值回票價了。」阿平笑得好幸災樂禍，「明明就是小女孩的反應，卻很理性又直接的說出理由，感覺……會讓人玩上癮耶。」

這個傢伙也是變態。八成是想要報復我這麼多年來無視於他「少男」的感情。

「我生活在一個充滿變態的世界裡。」

「那唯一不變態的妳反而成為唯一的變態。沒辦法，這就是現實。」

「媽的你們這些死變態。」

「但是變態們的終極目標，就是讓妳乖乖的走進變態的世界裡。並不是要妳改變，只是要妳接受啊，連我的學生都知道，不能武斷的排斥跟自己不同的人。」

「小學生會知道『武斷』這個詞才有鬼。」

阿平笑得很燦爛，「總之、變態們的生活，其實很開心的。」

完全變態。當變態將變態這件事情引以為豪，那麼是無法摧毀他們的小宇宙的。

所以我決定放棄這種太過浪費力氣的事情。

「上課會遲到。」

「走吧。」

拍開阿平想「表演」給助手們看的動作，好不容易讓他們從怨懟降溫到哀怨，要是讓阿平牽起手，一定會立刻爆表變成怨念。但阿平不以為意的笑著，大概是覺得要搧風點火的機會多的是吧。

「欸、你有沒有想過如果花癡澄真的愛上你，但我還是只能把你當朋友，那不是很慘嗎？」

「反正是妳比較慘吧。」真是不負責任的論調。自私自利任性妄為不顧他人死活一點也沒有朋友義氣。

我深深吸了一口氣，不管是阿平或是撿筆男，我都不打算以這種狀態踏入愛情，所以無論如何我都要解除晶片功能。

「你不用太努力沒關係，因為我根本不打算談戀愛。尤其是在有花癡澄的狀態下。」

「那、妳除了要對付我跟那個男人之外，連花癡澄都得擊倒呢，總感覺很心疼呢。不過不到黃河妳心不會死吧。」

「媽的你可以再幸災樂禍一點。」

「喔對了，給妳一個忠告，在對方面前盡量還是不要說粗話比較好。不過我都習慣了，所以也不會太在意，這樣我是不是又多了一點勝算吶？」

雖然沒什麼同情心但我很有公德心，違背良心的事情我也不做，雖然常常毫不留情的拒絕別人的感情，但那是避免他們越拖越傷心，怎麼想我都沒有理由陷入這麼倒楣的境況吧。

不只攪進了自己的老闆，連最好的朋友也來湊一腳。

「回去了啦，不然你是要跟我進去上課嗎？」

「也不是不可以啦，但我對日文實在沒什麼興趣，妳下課我再來接妳吧。順便下個戰帖。」

……戰帖？算了，隨便他了。少男的心一點也不純潔啊，百分之九十都是報復心。

□

擺脫阿平才不到一分鐘，事實上只有從大門到教室這一段路，接著遞補上戰場的就是撿筆男。

然後因為我很累，加上剩餘的力氣都在剛剛被阿平給消耗光了，所以花癡澄一點阻礙也沒有的搶過了腦袋的主導權。

「晚安。」花癡澄說，順便附送溫柔的笑容。

我實在很不懂花癡澄，明明就一副很愛撿筆男的態度，但對於阿平的舉動還是會感到臉紅心跳，偶像劇裡那些女主角的心思在兩個男主角之間來回擺盪的橋段一向是我很唾棄的，所以我現在很唾棄花癡澄。

「嗯。」

——媽的這個冷淡鬼……

——他真的好有個性……

「才幾天沒見到你，不知道為什麼就好想你，而且看到你的那一瞬間，才意識到我的思念有多深。」我好想咬斷自己的舌頭。

林宇揚挑起眉，勾起了一種似笑非笑的弧度，「妳現在是兩種性格交替出現嗎？」

不是交替是交戰。但我不可能真的回答他這個問題。正要思考怎麼回答的時候，就聽見自己的聲音：「不管是什麼性格，愛的人都是你。」
天啊，我好想死。
「是嗎？那我剛剛看見另外一個男人送妳來上課，是我的錯覺嗎？」

這一定是詛咒。
一直以來我都覺得為什麼偶像劇的主角A在跟配角C有「引人誤會」畫面的時候，都會被主角B給目擊，接著就牽扯出一連串的誤會鬼打牆戲碼，太不合理的設計卻因為有其必然性，所以在每部戲劇中反覆的出現，觀眾也沒有抗議的跡象，但搬到現實生活之中，怎麼想都還是不合理。
但事實上，我整個生活已經像被浸泡在福馬林裡一樣，深深的沾染了「不合邏輯」的浸泡液。

「那是我一個很好的朋友……」偶像劇的誤會其實就是從主角A的虛弱解釋開始延伸的。
「好朋友？」他的音調微微上揚，但並沒有太大的興趣在這個話題之上，轉回他的視線到日文課本上。果然這傢伙不適合演偶像劇。

「是從小一起長大的朋友，我跟他沒什麼的，真的。」但花癡澄似乎很想當女主角。

連我都不相信她了，何況是這個難搞的男人。

所以在花癡澄很無恥的採取逃避姿態時，我決定乾淨俐落一次把線索收集完畢，藉以分辨花癡澄對阿平的反應到底只是純粹的花癡，還是真的在那邊三心二意。這世界有一類的生物是只要對方示好，就很容易冒出愛情的泡泡，天知道老頭的惡趣味究竟低下到什麼程度。

「你的手借我牽一下。」

「嗯？這次又準備了什麼偶像劇台詞還是劇碼嗎？」

「人要有實驗精神，何況我是學科學的。」

「妳的生活方式很獨特。」然後他伸出他的手。

才剛握住林宇揚的手那瞬間，裝死的花癡澄立刻活了過來，不只是臉紅心跳這麼簡單，連呼吸都有一點困難。花癡澄不想鬆開手，但我很快的收回了右手。

和阿平牽著手的感覺截然不同。

如果單單比較林宇揚跟阿平，大概阿平就是擺盪在安全範圍之內，輕輕的漣漪，一種在好感之上，卻無法盪到愛情的高度（加上理智澄會忍受不了）；林宇揚則相反，只是一個眼光或是一個碰觸，就能讓情緒打破所有愛情的封鎖，但同時也讓人對他咬牙切齒。

情況越來越危險了。愛恨交織的狀況是愛情中最難收拾的類型。

「妳的實驗得到結果了嗎？」他問得很不認真，但我卻很挫敗的得到了最不想得到的結果。

「我比想像中的還要愛你。這個結果你還滿意嗎？」

「就算指涉的是我，但事實上是妳的事情，並不關我的事。」這個該死的男人。

「你不覺得很無情嗎？對著一個『很愛』你的人，說著『妳愛上我是妳的問題，不關我的事』，這種人遲早會遭天譴的。」例如我。

「妳覺得藕斷絲連會比較好嗎？還是說用施捨的溫柔來打發對方？不管是哪一種事實上都更無情吧。」

「你對我真的一點好感也沒有嗎？」

「沒有把妳放在愛情向度考慮過。但作為人來說，滿有趣的。」

媽的，我掙扎得那麼悲慘，他居然當作有趣。冷靜、冷靜，于澄妳一定要冷靜。

「就不能有那麼一秒鐘，讓你透過愛情看著我嗎？」

算了。我不想努力了，花凝澄愛怎麼樣就怎麼樣了，打死我都不管了。

「沒有愛情怎麼透過愛情看著妳？我以為妳能理解，至少性格A能夠明白。」

「明白跟接受是兩回事。雖然可以說服自己你並不想沾染愛情，但因為是不要愛情而不是不要我，所以反而更難以放棄。」

「結果不都一樣嗎？」

「就算是一點點可能性也好，能不能讓我有努力的空間？」

沒有。其實我是很期待他這麼說的，但另一方面這也是我最害怕聽見的回答，就像是知道說再見是對彼此最好的選擇，但卻無論如何不想聽見從對方口中說出的再見。

因為不是再見，是再也不見。

但我等了半天都沒有聽見「沒有」這兩個字。他沉默了。

「愛情最殘忍的，就是那麼一點的可能性。」

「但是愛情最讓人無法鬆手的，也就是那麼一點的可能性。」

「那麼就用機率來決定吧。」他說。

「嗯？」

「從現在開始走進教室的第十個人，如果妳猜對他上衣的顏色，我就積極配合妳的追求。」

這種完全無法推算的概率，跟愛情一模一樣。不是丟銅板二分之一那麼簡單，也無法像計算平均幾個新生兒會出現色盲能得到一個具體的數值。能夠推想但完全無法掌握。這就是愛情最麻煩的地方。

「綠色。」

就是這麼微薄的可能性。

但花癡澄卻捧著愛情期待那一道綠色的身影出現。

□

一踏出大樓就看見阿平的身影。

我嘆了一口氣，很好、主角A、B，和配角C都出現了。雖然也可能是一齣雙主角的劇碼，但如果是這樣作為女主角的我會很頭痛，所以至少在現階段，還是把阿平當作砲灰比較不傷腦袋。

愛情就是這樣犧牲來犧牲去，但成全的到底是什麼？

因為有某個人或者某個部分的犧牲以及割捨，我們的愛情終究難以完全，在A和B的故事之中，必然有一部分是因為要牽起對方而不得不丟棄的，而摻入了C的身影之中，這份不完全之中又混雜了他人無法收回的碎片。

所以愛情並不是A和B的故事那麼簡單，我們都無法確保，在行走的時候，拖曳的影子究竟是自己的倒影，還是生命之中某個黏附太深的存在，因為說不出口、也因為難以割捨，所以化作沒有臉沒有聲音只有黑色形狀的影子。

我看了一眼阿平又望了一眼林宇揚，說不定認真找就會發現攝影師其實混在人群之中。

「我來接妳回家。」有一點腦的人都判斷得出來，站在我不遠處的林宇揚就是撿筆男，所以不笨的阿平立刻丟出這句曖昧的話，「是一起上課的同學嗎？」

明知故問。

「是我愛的人。」這句話是從理智澄口中說出來的，但我感覺花癡澄快要冒出頭了。

「還真是不留情，所以你就是撿筆男嗎？」

「嗯？」本來要離開的林宇揚停下了腳步，「看不出來妳是那種會昭告天下的類型，你放心吧，我對她一點興趣也沒有，加上她運氣也不是很好。」

「運氣？」

簡單的說，就是我沒有猜中。第十個走進教室的人，穿的是藍色條紋襯衫。

「反正不是多重要，我先走了。」

「等一下。」花癡澄緊張的喊住他，「我送你回去。」

「什麼？」

發出不可置信聲音的人是阿平，但理智澄也快瘋了，為什麼花癡澄可以說出這麼可恥的話來，難道她忘了曾經邀請林宇揚喝咖啡被他毫不考慮就拒絕的「慘痛經驗」嗎？

「澄、澄澄……？」

「不是我。」我深深吐了一口氣。

阿平從驚訝慢慢轉為饒富意味的表情，「比我想像的還要厲害耶。」阿平說的是晶片。

我望向林宇揚，似乎對我跟阿平莫名其妙的對話一點興趣也沒有，還是那副冷淡表情，真的越看越吸引人、讓人想探究那冷淡表情之下含藏的感情……媽的我一定要撕開這男人的假面具，我最討厭的就是死愛耍酷的男人了……

「我不需要人送。」

果然被拒絕了。而且完全沒有思考的跡象。于澄妳真的丟臉丟到火星去了，而且還有阿平這個目擊者，看來阿平也要被擺進暗殺名單裡了。

「我只是想多陪你走一段路而已……下次見面還要三天，我覺得自己根本沒有辦法忍受這樣的等待。」

阿平摀住自己的嘴巴，但這樣更明顯讓人知道他想大笑的衝動，我現在才知道花癡澄那麼「堅忍不拔」，絲毫不在意外界眼光，也完全不考慮後果，她難道遇到愛情就失去腦袋了嗎？也不想想以阿平作為起點，接著就會傳到媽、再由媽散播出去……

我不管了。老頭刻意讓我累得半死，要的不就是這種結果嗎？

看著無動於衷的林宇揚，花癡澄往前跨了一步，「不會打擾你的，只要能靜靜的陪你走一段路。」

林宇揚沒有回應轉身就走，用眼神示意阿平不准跟上來之後，花癡澄就安靜的走在他右邊，不時側過頭望向他，明明就離得那麼近，卻因為愛情讓兩個人阻隔得那麼遙遠，如果沒有愛情的話，說不定就能單純的以物理量來計算，然而正因為是愛情，任何一段距離都會被無限放大，並不是一公分或者十公分，而是有你或者沒有你。

透過花癡澄的目光所看見的林宇揚，似乎有那麼一些微妙的不同。

「到了，我坐捷運。」

「為什麼突然變得這麼冷淡呢？」

「因為察覺妳不是在開玩笑，我不想給妳任何想像或者希望，所以妳還是放棄吧。」

「不能先當朋友嗎？」

「如果是另一個性格說不定可以，但我想現在的妳，並不是能夠清楚區分兩者的狀態。」

我不得不承認這男人的觀察很敏銳。

雖然這樣說花癡澄大概會想演出類似絕食抗議的劇碼，但對我來說是再好不過的情況了，只要我能忍受花癡澄的舉動，說不定就能讓他說出關鍵句，而且照這樣看來，不管花癡澄怎麼努力都不會讓他愛上「于澄」，所以解除晶片之後說不定還能考慮跟他交個朋友呢。

「但是我……」

「妳身邊不是有個不錯的男人嗎？」

「但是我愛的人是你不是他。」真是讓人想咬舌自盡的感人告白。

林宇揚大概不是人，因為他聽見這麼感人的告白之後一點感動的跡象也沒有，花癡澄的心痛感在我體內開始蔓延，看著他斷然的轉身離去，我以為花癡澄就要像古裝劇女主角一樣倒地哭泣，然後決定將愛情深深埋藏在心底，然後我就可以用憔悴的面容逼老頭說出關鍵句……

我絕對不會放棄你的！

剛剛閃過我腦袋的，真的是這句話嗎？

就算被拒絕一百次、一千次，我也都不會放棄你的，只要你的左胸口是空的，我就有可能走進那個位置。

看著林宇揚身影消失的方向，花癡澄的愛意似乎比一開始更加堅定，是有沒有搞錯，那種冷淡，不、冷血鬼都已經無視花癡澄到這種程度了，為什麼得到的結論是再接再厲而不是一刀兩斷？

也就是說，那傢伙大概真的是因為不想要花癡澄越愛越傷，所以才表現得那麼無情吧。但是陷入太深的愛情之中的花癡澄是看不清這一點的。

三明治吃了一半還握在手裡，盯著已經轉成螢幕保護程式的電腦，我根本分不出嘴裡咬的到底是鮪魚還是雞肉，滿腦子都是林宇揚。

仔細想想我還沒有認真去考慮過林宇揚這個人，存在我腦中的印象或者記憶大多都是透過花癡澄的眼光，因而我根本不採信這些結果，畢竟我比誰都還要清楚花癡澄的偏頗，而我對他也因為「他是說出關鍵句」的人，而抱有太過主觀的解讀。

也就是說，其實我根本就一點也不了解林宇揚。

至少在對待愛情的態度上，他跟我可以說是志同道合，所以如果繼續放任花癡澄採用瓊瑤式的表現，沒多久就會磨光他的耐心，最後不要說搭話，連正眼都不會轉向我。

所以說，以毒攻毒。

我自己上場似乎會比較有利。

很快的吞下整個三明治，我手邊還是有一點線可以連到他身上的，例如那天拿到的電子信箱跟手機號碼。

無論如何要先了解敵人才有可能擊潰他，雖然說我根本不想跟他產生什麼愛情，但不管是要在相處過程中讓他說出關鍵句，或是讓花癡澄死心，這兩條路徑都得更接近他吧，說不定越了解越發現林宇揚根本就是個小渣渣，哄一哄花癡澄讓她死心之後博士也會放棄吧。

所以就決定林宇揚是小渣渣了，不、是要開始收集「林宇揚其實是小渣渣」的證據。

我撈出包包裡的手機，牙一咬就按下撥號鍵，反正花癡澄都已經被拒絕到那種程度了，以後只要把我所做的所有丟臉事推到花癡澄身上就好，但博士的眼光實在是太過灼熱，我狠狠的瞪了他一眼，快步走到女廁裡（事實上只有我一個女的，所以等於是我一個人的）。

然後電話被接起來了。

「喂，你好。」公式化的嗓音，我嚥了一口口水，不過是打個電話花癡澄是在緊張個什麼勁，連帶害我的思考也停頓好幾秒，「喂？請問是哪位？」

「我是于澄。」

「有什麼事情嗎？」公式化的音調在聽見我的名字之後立即降溫到零下五度，往好處想的話，表示他對我的「反應」也滿明顯的嘛。

「我只是想聽聽你的聲音。」媽的，花癡澄妳不要出來搗亂。「等一下、你先不要掛電話！」

果然對方停頓了好幾秒，大概是猜中了他的動作，因為這種情境下我一定會毫不考慮的掛斷電話，反正就是當作在對付自己。我有時候都會懷疑，林宇揚說出關鍵句這件事到底是不是老天針對我來的，雖然我是學科學的，但不合邏輯到這種程度也會開始怨天怨地了。

「妳有什麼事情嗎？現在是我的工作時間。」

「我不想佔用你的工作時間，但我覺得我們應該好好的聊一聊。」

「我們之間沒有什麼好聊的。」

「總之我今天晚上六點半在日文教室那棟大樓門口等你，晚上見。」

接著我以極快的速度掛斷電話然後關機。

雖然很想罵自己卑鄙無恥又下流，但是好好的約他絕對不可能會成功，就賭他腦子裡有沒有所謂「騎士精神」存在，再怎麼樣如果有點公德心就不會讓我在那邊白等。

但接下來要怎麼辦？

不知道。我根本沒有追過男人的經驗，而且通常我都是扮演林宇揚那個角色，所以就算我能猜測出他的反應，也很難左右他的意念。因為愛情就是一種根本性的麻煩啊，不想碰就是不想碰，對方越努力只會讓人感覺越麻煩罷了。

對、既然把林宇揚當作目標的可行性那麼小，那就來對付花癡澄好了，只要讓她近距離的看清「不可能」這三個字，再怎麼樣也得放棄。

愛情讓人太過勇敢也太過脆弱，在她奮力跨步的同時也是最容易被絆倒的時點。

而且我根本不相信單方面的愛情能堅定到什麼程度，人都是貪婪而渴求回應的，如果得到的只有拒絕，最後我們也會學到如何去拒絕。無論是拒絕自己還是拒絕愛情。

「澄澄啊、小澄澄……」

「幹嘛啦？」一拉開門就看見老頭的變態笑臉，「你知不知道這裡是女廁？」

「人家擔心妳啊，抓著電話就衝進廁所，而且我還不小心聽到……妳今天要去約會對吧？」

媽的這個變態偷聽狂。「關你什麼事？」

「好歹我也可以當一下軍師啊，感覺、我們家小澄澄好像不是很會追求人呢。呵呵。」

如果我現在掐死他是不是可以佈置成推理小說那種密室殺人現場，然後自己變成驚恐的第一發現者？

「妳要不要我也在他身上植入一張晶片啊，因為感覺妳跟他根本是同樣的物種呢……唉呦，不要這麼兇狠的瞪人家嘛，既然這樣不是好辦嗎，只要想想什麼時候妳會感動，就這樣去打動他就好了啊。愛情是最輕易引起人激動的一種情感，但前提是先激動吧。小澄澄啊，不是說理性的人就沒有愛情，但沒有感動就絕對不是愛情。」

□

站在大樓的大門口，老實說我也沒有百分之百的信心，但這本來就是一種賭注。看了看錶，六點三十七分，大概賭輸了吧，像他那種類型的男人通常是不會遲到的。花癡澄妳看吧，像這種狼心狗肺的男人就不要存有期待了，光讓女人傻傻的等就倒扣一百分了，放棄吧、放棄吧，這樣妳輕鬆我也愉快啊，對吧、對吧……

林宇揚一定會來的。

我嘆了一口氣，花癡澄幹嘛那麼固執呢？愛情跟男人是世界上最靠不住的東西，比衛生棉還沒用，再說我們現在都相處得那麼好了，我怎麼會騙妳呢，所以說啊妳就放棄，然後我們去找老頭解除晶片，不是很完美的結果嗎？

晶片解除之後我就連愛他的權力都沒有了。

做人嘛，何必這樣自找麻煩，要不是妳在我身體裡我根本也懶得管，我當然知道妳很愛他，但是他不愛妳啊，愛情到這樣只會變成一種拖累，這樣對那冷淡鬼也不好吧。

某種程度上我已經能分化自己跟花癡澄，大概這是老頭也沒有料到的結果，畢竟他一心想讓我跟她融合；雖然能具體感受到花癡澄的感情，卻也因此更想阻止她，很痛的、比任何生理創傷都還要痛，看著肢體潰爛還能努力求醫，但張望著情感開始腐敗卻無能為力。就算是屍體就算是灰燼就算是殘渣也還是不想失去。

為什麼非得愛到這種程度不可？

「不覺得這樣很卑鄙嗎？」

順著音源我抬起頭，花癡澄的反應比我快一百倍，因為站在我面前的人是林宇揚。

「無論如何我都想見你……」

「我只是來跟妳說，不要再做這些無謂的舉動了。」

花癡澄妳不要說話！妳現在不管說什麼，林宇揚的下一步一定是轉身離開，出現在這裡大概已經耗盡了他所有的良心啦公德心啦或是同情心這些東西，冷淡鬼是不會被瓊瑤式台詞打動的。

「是很卑鄙沒錯，但也是沒辦法的事情。」我移開在他身上的目光，花癡澄就算不說話也還是會在我眼中展露愛意，「如果是性格A的話，能跟我聊聊嗎？你就當作做好事。」

最後林宇揚和我坐在附近公園的石階上，是我的要求，因為我不想看見他的臉，畢竟花癡澄對生理方面的掌控力還是勝過我。光想我會對他產生臉紅心跳的反應就讓人想撞牆。

他沒有開口。因為在等我說話。

「這樣說比較簡單，我很愛你，但我也不愛你，反正你也覺得我有兩個性格，那就這樣認為吧，會講噁心台詞的就是愛你的那一個，現在的我是不愛你的那一個。」

「妳到底想說什麼？」

「有點耐心好不好，」雖然我也很懶得解釋那麼多，「如果不知道這些前提，很難繼續下去的。總之，某個層面來說我跟你是站在同一邊的，因為我的目的就是讓她放棄。」

早死早超生。花癡澄我這是為妳好。

「雖然你沒有義務這麼做，但你應該很清楚，不讓她，嗯、不讓我放棄的話，你也會覺得很麻煩吧。所以我想過了，借我一個月吧，讓愛你的那一個好好的追求你，當然你要冷淡要嘲諷都隨便你，只要你不要無視我就好。」

「我沒有必要配合妳。」

「是沒有必要啊，但是你不也覺得愛情麻煩嗎？有個人不死心的愛著自己應該是當中最麻煩的狀況了。」

「一個月。我只保證不會無視妳。」

我聳了聳肩，「意外的你人還滿好的嘛。」

林宇揚站起身，拍了拍褲子一語不發的離去，大概會覺得很倒楣吧，平白無故的沾惹上別人的愛情；但愛情本來就是這麼兩面性的存在，有時候讓人覺得「擁有這個人的愛情真是太過幸運的一件事」卻在某些時候想著「為什麼他就非得愛上我不可」。人是很殘忍的，就算愛情的本身多麼純淨神聖，透過私心的目光凝視之後，就會被覆蓋上一層偏頗。

往往人們看的並不是愛情本身，而是「那個人的愛情」。

給花癡澄一個月的時間去努力已經夠了，畢竟會受到傷害的不僅僅是她。還有我。

□

花癡澄很認真的凝望著林宇揚。

大概她也明白一個月這個期限是認真的，明明就知道不會有結果為什麼還要傾盡全力去愛呢？最後毫無遮掩的被傷害？

就算是最貼近花癡澄的我也還是不懂。

總之林宇揚還是很冷淡，雖然跟他說話都會回應，但有時候這樣的冷處理反而讓人更明白感受到他的拒絕，心很痛吶、比好不容易排隊買到的巧克力被媽跟阿平瓜分掉的那種心痛還嚴重好幾倍，就是明明好好的坐在椅子上，卻會因為想到林宇揚的冷淡而呼吸困難。

也因為花癡澄的目光一直駐留在林宇揚身上，其實多多少少也能感覺到在愛情之外他是個不錯的人，雖然他的每一個動作、每一句言語都是對花癡澄毫不留情的拒絕，然而卻沒有任何惡意的推阻。

也就是說，那傢伙大概真的是因為不想要花癡澄越愛越傷，所以才表現得那麼無情吧。

但是陷入太深的愛情之中的花癡澄是看不清這一點的。

「雖然告訴自己，能夠安靜的坐在你身邊就已經該滿足了，但怎麼辦，正因為站在邊界之外所以想跨越的心思就越強烈，人是很貪婪的吧，尤其是在愛情裡。」

「這是妳的問題。我所能容忍的就只有這麼多，如果妳試圖跨越或是索取更多，我也會用我的方式推開妳。」

真是無情的傢伙。但愛情裡真正殘忍的其實是多情吶。我托著下巴看著他比那路人帥一點的側臉，「欸，我的心很痛耶。」

「妳自找的。」

「就說不是我……我明白你是不喜歡我啦，但為什麼不談戀愛啊，感覺不像只是因為嫌麻煩啊。」

如果只是嫌麻煩應該會更狠一點，就像是以前的我總是毫不留情的轉身離開，而且他也不像是那麼好心的人，雖然客氣又細心（當然是對「于澄」以外的人），但一牽扯到愛情就冷血得要命，花癡澄可是在這塊危險的領域裡不斷挑釁他耶。

「就只是因為麻煩。」溫度再降二十度，所以意思就是「有秘密但最好不要碰」，我才沒有花癡澄那麼無聊硬要理解他，反正我也沒興趣。

「愛情不光只是麻煩而已。」

我這樣語調、內容一直極端的交替，雖然我習慣了，但他好像也沒特別說什麼，真的接受度那麼強，可以接受我體內有「兩種性格」這件事？

「不然還有什麼？」

為什麼聽到這句話我的體內會湧生一股心疼的感覺？我真的很難理解花癡澄的感受性。

「我們都是藉由愛與被愛的過程中得到更完整的人生。」

「那也不是非得要藉由愛情不可吧。」

「但愛情沒有親情中血緣的羈絆，在愛情裡我們遇見一個陌生人，全心全意的愛著一個毫不相干的人，被一個毫無關聯的人愛著，正因為這樣才更能體會到愛的本質與真實性。」

花癡澄講的話好有深度，我一直覺得為什麼非得莫名其妙的愛著一個陌生人，但因為是毫無牽扯的人所以才會得證「愛真的存在」吧。

「那是妳的理想性吧，通常人都只是越愛越貧乏罷了。」

「就是因為有那樣的可能性，所以才想要去追求不是嗎？」

今天的花癡澄好有殺傷力，但我很怕讓她繼續下去林宇揚會掀桌子，再怎麼說逼迫往往是造成奮力推拒的主因。

「反正你跟花癡澄，不是、就是愛你那一個啦，你們兩個觀念差太多了，我也覺得太理想性了，但世界就是靠這群人去撐起來的呢，像我們這種人才不會那麼犧牲奉獻去頂開天地。」

「妳要不要直接去看精神科？」

「就說了不是那麼一回事，總之就辛苦你忍耐一陣子啦，她也知道無望了吧。」我希望是這樣。

他直接不理我。

「你跟她去約個會吧。」雖然這樣的表述方式很怪異，但這種時候還是切割得乾淨一點比較好。

「沒空。」

「好人做到底嘛，我也不想跟你單獨出門啊，但她愛你那麼深，卻都只能看到你單一面向不是很可憐嗎？說不定多把你轉個幾圈，認清楚你是個冷淡鬼，不用一個月她就決定放手啦。反正看你這樣子，假日也不像是會跟人家有約，大不了你就無視她啊。」

我承認我有私心，因為這星期日是媽某個朋友的女兒的結婚典禮，那種場合我一定會成為標靶，唯一能讓媽放過我就只有「妳女兒我要去約會」這個理由。反正也順便幫花癡澄製造機會，一舉兩得不是很好嗎？

「妳有什麼目的？」

「就幫她製造機會同時也給你拒絕她的理由啊，期盼是幻滅的必要條件，所以當然要先給她一點期盼，你才有辦法讓她的愛情幻滅吧。」

他這種眼神是在懷疑我吧。

「就跟你說了，我跟你站在同一邊，我要的就是她的愛情被消弭。」

心好痛、一想到不能愛林宇揚就心好痛……最近發現花癡澄的愛情有加深的跡象，再這樣下去不行，我才不想無緣無故的被折磨。

「星期六下午。」

就說他其實是好人吧。

「不行、要星期日下午。」他感覺要反悔了，「今天星期五啊，連續兩天見面太匆促了，你要給她一點時間編織幻想嘛。」

「不會有下一次。」

「我也沒有那麼閒。」再說也不會有另外一場婚禮。

07

在愛情裡有一種很微妙的平衡在晃蕩，很輕易就能因為一個簡單的動作而感到滿足，即使只是他不情不願的陪伴，或是不經意的一個微笑，然而在感到滿足的同時，卻也踩踏在貪婪的邊界上，彷彿只要伸出手就能索取更多、更多的對方。

「澄澄妳在發什麼呆？」

「明天花癡澄要跟冷淡鬼約會，然後她現在又期待又怕受傷害，害我的小說連一頁都看不下去。」

「不是說他無動於衷還毫不留情的拒絕嗎？怎麼現在又要跟他去約會？」

「要讓花癡澄近距離的明白他們兩個人是不會有結果的，然後花癡澄放棄之後，我就可以帶著蒼白的臉孔逼老頭交出關鍵句了。」

「妳還真的一點感悟都沒有耶。」阿平用一副「這個人沒救了」的表情看著我。

「是要有什麼感悟？」

「妳是最切身感受到花癡澄的心意的人吧，甚至連她的快樂悲傷妳也是同時感知的吧，都到這種程度了，妳還這麼冥頑不靈。」

「冥頑不靈？羅平，跟你說，就是因為我動不動就被花癡澄搞得心痛得要死、呼吸困難，恍惚出神甚至連喜歡的小說都看不下去，都體會到這種程度了，還要追求愛情我才是有病。」

「我真的很想把妳的腦袋剖開，看看是不是神經迴路有問題。」

「明明就是社會組的，少裝專業。」

「難怪這麼多年來我掏心掏肺的對妳，妳一點感動的跡象都沒有，原來不是我的問題，是妳對愛情的觀念太過扭曲。」

扭曲的是誰？明明就是要跳進來攪局的報復少年。

「讓我跟花癡澄說話。」

「你以為我體內有轉換器喔，說要跟她說話就跟她說話，哪有你想的那麼簡單。」

「反正妳現在不是適應得很好嗎？博士明明就說兩種性格會慢慢融合，怎麼在妳身上會越來越分化。」

所以說老頭最近一直逼我接受「檢查」，想要知道是他的設定出問題，還是受試者的特異性。

「阿平我好緊張。」

「因為明天要跟撿筆男約會嗎？」

「嗯。其實也算不上約會，但只要一想到就很浮躁，一方面期待能看見不同的他，另一方面也怕面對他的冷淡態度。」

「這也沒辦法吧，妳就做妳想做的事情，好好努力就好。我能理解，因為妳愛上的澄澄跟那個男人有異曲同工之妙。」

「羅平你是忘記花癡澄跟我是同一個人嗎？」

「就是因為太明白所以才覺得很無奈，一開始我還抱持著『因為有花癡澄，說不定澄澄對我的愛情會感動一些』，沒想到會是現在這種結果。」

「所以你就放棄吧。」

「本來就沒抱多少期望，但我真的希望，就算不是我，妳也能好好愛上一個人。」

花癡澄現在是在感動個什麼勁？

「我也是談過幾次戀愛的好不好。」

「談戀愛真的代表真的有愛情的存在嗎？認真談戀愛跟認真愛一個人是不一樣的，我一直看著妳，雖然不能說百分之百看穿妳，但至少我感覺不到妳曾經深深愛過哪個人。」

「並不是濃烈的愛情才叫作愛情。」

「我對妳的愛情也不濃烈，但仔細看就知道我愛著妳的這件事，很輕很淡的愛情也是能讓人感動的。」阿平嘆了一口氣，「既然我感化不了妳，我也只能祈禱有一天妳會遇到讓妳願意面對愛情的人。」

阿平的注視讓我的胸口感到一陣震擊，這種時刻我反而分辨不出鼓動的是花癡澄還是我，「阿平，你為什麼不放棄呢？」

「並不是努力就能放棄啊，所以我只好讓妳成為最特別的那個存在。我的確是帶著這樣的心思交過幾個女朋友，對她們很不公平，因為我無法全心全意的愛著她們，我也越來越明白愛情是沒有辦法被瓜分的；只是一直缺乏一個決定性的時機吧，就是能夠把對妳的感情轉化或消除的轉折，但這次因為晶片我也重新整理了自己的感情，發現這一切根本就是妳的問題。」

「什麼？」這什麼推卸責任的結論。

「因為妳一直沒有好好愛過一個人啊，所以才會抱有『說不定澄澄只是沒有意識到愛的人是我』的念頭，但是我終於發現，一切都只是我的幻想。我根本就完全沒有希望。所以反而能比較輕鬆的把妳從愛情的區塊打包塞回朋友那一區。」

「所以你已經不愛我了？」

「哪有那麼簡單說不愛就不愛，只是對妳的感情慢慢在轉化當中吧。」阿平突然笑了，「當然我不會放棄任何搗亂的機會的。」

「真是性格惡劣。」

「說不定把妳攪得越亂，妳反而能在亂七八糟的片段裡看見愛情，畢竟有一類人是打死都不相信愛情其實很簡單的。」

□

在媽出門之前我就先溜出來了，一整個早上媽都用著一種期待的眼神望著我，像是我今天出門晚上就會把孫子帶回來那樣。

所以我比約定的時間早了半小時。

坐在捷運站出口的樓梯上，從早上我的心跳就不正常，當初指考放榜我也沒那麼緊張過，這就是所謂的少女情懷嗎？副作用大概是中年就會得高血壓或是中風吧。

星期天的捷運站人來人往，超過半數都是情侶，這世界情侶是多到這種程度嗎？還是說會出來招搖的大部分都是情侶？不過一個男的跟一個女的走在一起，就算是姊弟也還是會被當作情侶吧，畢竟幾乎大多數的人都是以愛情作為優先考量。

東想西想結果林宇揚就出現在面前了，當然還是花癡澄先發現的。

花癡澄靦腆的對他微笑，我的心跳越來越快，加上坐太久突然站起來害我有點頭暈，順勢倒在他身上我想他會立刻把我丟回家；反正就是這些雜七雜八的理由加成起來，於是我跟林宇揚就站在原地安靜的對望。

「妳是打算在這邊站一個下午嗎？」

「我們去淡水吧。」

他微微皺起了眉，大概是覺得麻煩吧。

「適合培養感情的地方啊，就算要心碎也要挑漂亮一點的景點吧，而且有好吃的冰淇淋。」

他並沒有反駁，於是我們就擠進人群搭上捷運，大約半小時的車程他都沒有開口，我也沒有說話的打算，只是覺得他能夠在那麼擁擠的車廂裡完全避開跟我的肢體接觸，連衣服都沒碰到，實在是很厲害的一件事情。

望著他的側臉，其實這冷淡鬼是個很溫柔的人，而且是很聰明的溫柔。很清楚的阻斷花癡澄所有進路，卻又願意讓她留下一些美好記憶與努力的機會，這比談戀愛麻煩得多吧，而且他也不必這麼做，重點是他不是會心疼愛上自己的人那種類型吧。

那到底是為什麼呢？

所以說真的是難以捉摸的一個人。

「到了，去吃冰淇淋吧。」

「妳來這邊就是為了吃冰淇淋嗎？」

「當然是附帶的啊，今天是要讓你和她約會的啊，這風景不是很適合一男一女曖昧的散步嗎？」

「我和妳之間沒有任何曖昧的餘地。」

「好啦、好啦，反正你就好心陪她晃一晃，然後她就會滿足了。」

在愛情裡有一種很微妙的平衡在晃蕩，很輕易就能因為一個簡單的動作而感到滿足，即使只是他不情不願的陪伴，或是不經意的一個微笑，然而在感到滿足的同時，卻也踩踏在貪婪的邊界上，彷彿只要伸出手就能索取更多、更多的對方。

往往彼此又在這樣的索取之中感到被需要，卻也因為相同的渴求感到私我被鯨吞蠶食，步伐的前進或者後退都是因為對方伸出的那雙手；很少人能夠準確的拿捏之間的平衡，因而在搖晃的愛情之中，我們必須奮力的抓握或者擺脫。

實在是太過耗費力氣。

「好久沒有來這裡了。」我深深吸了一口氣，混著海的氣味，說不定在不經意之間花癡澄也嗅聞到了他的味道，「明明不喜歡海，但有些時候總是會有非看海不可的念頭，望著那片藍色的波動，就會覺得、其實事情好像也沒那麼糟。」

他很安靜的走在我旁邊，花癡澄也安分得太過頭，但是很快的我發現，無論如何我都無法將目光移開，落點只有林宇揚。

雖然這樣說有點詭異，但我真的覺得我很像電燈泡。

「我一直在想，你為什麼肯陪她來？」

「她？」林宇揚看了我一眼，「妳倒切割得很清楚嘛。」

當然要切割乾淨了，不然以後那些被拒絕的事情算到我頭上來，都已經夠倒楣了，還要被貼上那些「汙點」，不就太心酸了嗎？

「這對你來說也不是多重要吧。」

「是不重要。」

「那你到底為什麼要陪她來？看起來也不像是那麼好心的人啊。」

「是妳說至少讓她留下一點回憶吧。」

「我的問題是你為什麼……算了、真不知道你談戀愛會是什麼樣子。」

冷淡鬼很明顯的在打迷糊仗，大概也知道自己不適合講太感性的話，也可能是有些話說出口，反而會讓對方好不容易決定後退的腳步又往前跨；愛情裡太多模糊地帶，而往往我們都只願意看見自己期盼的那一個答案。

他冷淡的看我一眼，呿、這也不能聊，這男人身上的地雷真的多到莫名其妙。

「有時候都會想，帶著愛情目光看向我的你會是什麼模樣……陷入愛情之後最讓人感到快樂也最痛苦的都是期盼，你毫不留情的拒絕我，另一個澄澄、如果你真的相信有兩個澄澄同時存在的話，她也一直告訴我不可能要我放棄，但是反而因為所有人都要我後退，就更想往前……並不是好勝心，而是會想著，為什麼所有人都要在我的愛情上面貼上『不可能』三個字……」花癡澄帶著幽幽的笑容，「我也只是想好好的愛著一個人而已。」

「但是妳現在所想跨越的線，牽扯的不單單只是妳一個人。」

「所以你並不想被牽扯嗎？」

林宇揚並沒有回答。

「能告訴我嗎，究竟你是不想被愛情牽扯，還是不想被我的愛情牽扯？」

「這很重要嗎？」

「這不重要嗎？」

林宇揚沉默了好一陣子，花癡澄似乎是打算在他開口之前都不說話，這時候我還是安靜離遠一點比較好。雖然物理性的距離只間隔一個跨步。

「現在的我沒有擔負愛情的打算。」

「擔負……愛情對你而言是種負擔嗎？」

「至少不是我願意負荷的重量，我也不想讓任何人以愛情為名瓜分我的生活。」

「是嗎……」

討厭、我的心好痛，明明就不關我的事，為什麼痛的都是我？而且心痛得要死花癡澄還死撐著微笑，她不知道這樣會得內傷嗎？

厚重的沉默籠罩而下，無形的重量比任何物理量讓人更難以承受，花癡澄跟林宇揚緩慢的走著，下午的陽光不大，然而海面的反光卻讓人感到刺眼；對花癡澄而言或許也是相同的風景吧，她所懷抱的愛情並不灼熱，然而林宇揚所看見的卻是太過刺眼的倒映。

越簡單越純粹的愛情往往最令人難以直視。

在花癡澄的世界裡並不需要考慮太多，唯一的支點就是林宇揚，也因此醞釀出了最本質的愛情；然而沾惹了太多塵汙的我們，卻無法伸出手觸碰自己曾深切渴望的純淨。

……我也只是想好好的愛著一個人而已。

正因為花癡澄的盼望太過簡單，因而成為最難達成的願望。

「回去吧。」我說。

如果愛情也能這麼簡單說回去就回去就好了。

花癡澄妳就放棄吧，冷淡鬼都已經說到這種地步了，跟妳也沒什麼關係，他就是不想要愛情啊，至少妳可以告訴自己，不管是誰殺過去都會慘敗，這樣有沒有開心一點啊？

煩死了、煩死了，這個晶片的機制實在很不完善耶，我以「我」的立場思考當然是沒問題，但花癡澄通常只會在有外在刺激的時候才會冒出來，例如談到任何關於林宇揚的場合，但我要「勸導」她的時候卻又不確定她是不是聽得見我說話。

但是只要我每提到放棄，心就會隱約的揪疼，所以花癡澄根本就是在裝死吧。

□

「小澄澄妳又在自我溝通了啊？」

「也不想想是誰害的，搞得我好像得了精神疾患一樣，一直對著腦海中莫須有的人格說話。」

「這跟我的實驗假設差距太大了啊，本來應該是兩者慢慢融合，最後小澄澄就會成為一個感性又理性的女人，哪知道妳太過頑強，才會像是分裂一樣產生兩種人格，雖然說這也是很好的參考數據，但就是覺得不開心。」

「你鬱悶死最好，省得我下毒。」

「妳跟撿筆男孩最近怎麼樣了啊？」

男孩？哼。「人家從頭到尾都不把花癡澄當一回事，發現表白不是開玩笑就採取冷淡態度，所以根本無望，但那傢伙又死不放棄，煩死了，你快點把關鍵句交出來啦。」

「妳自己也說了一個月，我人很好的，一個月之後我就告訴妳關鍵句嘛……就算妳跟他沒辦法順利的談戀愛，至少妳也能深刻的感覺到愛情的效應吧，有沒有引起妳一點共鳴，例如突然想談戀愛之類的？」

瞪了一眼老頭的期盼表情，「就是因為『很、確、切』的感覺到了，所以更不想談戀愛了。」

「到底是為什麼、這到底是為什麼呢？為什麼所有假設到妳身上都會產生相反的結果，妳應該要好好的被研究才對……」

老頭邊唸著邊埋進他的資料當中，這世界就是相互讓人挫敗來挫敗去的，說是老頭活該嘛，回頭想想林宇揚也可以指著花癡澄說「妳活該」吧。

「愛情裡的變項太多，根本沒辦法好好的控制吧。」

「所以這就是要談戀愛的原因啊，不踏進去根本無法明白什麼是愛情。」

「這才是不談戀愛的原因，誰知道踏進去之後會有什麼結果。」

「真是思想偏差，我一定要開發更強大的晶片……」

「晶片是無法敵過人心的。」

「澄澄，我從來沒有想用晶片戰勝人心，只是想讓人體會到自己一直抗拒的感情，或是未曾體會的感受，妳所做的，不過就是一種抵抗罷了。有時候接受才能讓人真正成長。」

「你幹嘛突然那麼正經……」我當然明白老頭的意思，但是很多時候接受比抗拒所需要的勇氣（或者力氣）更大。

「妳那麼聰明不會不懂的，但愛情常常就是因為人太過聰明而顯得愚笨。」

08

「……我並不想知道你們的過去，更沒必要分享心得或經驗什麼的，因為我在努力的並不是讓他愛上我，而是讓我自己放棄他。」

所以現在每個人都把我當作箭靶。

總之撐過這一個月就好了。見到林宇揚也只有在日文教室的時候，雖然花癡澄已經養成「陪他一起走到捷運站」的丟臉習慣，但他一點讓步的跡象都沒有。

通常在這短暫的路程中，花癡澄也都是安靜的，彷彿懷著「只要能走在你身邊就好」的小幸福，卻又同時體認「即使距離那麼近我也還是無法真正觸碰你」。所以說，愛情所帶來的傷害很多時候都是可以避免的，但它最強大的吸引力就在於，就算知道會受傷害、甚至已經在受傷害了，也還是死撐著不願後退。

到底為什麼寧可忍受巨大的痛楚也不願意放棄任何一個靠近的可能性？

不懂。完全無法理解。但是我已經快受夠這種安靜的散步，不、連散步都稱不上，客觀的來說就是一個被默許的跟蹤者跟在冷淡鬼旁邊。

「欸，我上次看到你跟一個女的親密的走在一起耶。」

他冷冷的看了我一眼，「什麼女的？」

「還真的沒有啊，那我是不是該說『上次看到你跟一個男的親密的走在一起』啊。」

「不管是男的女的都一樣，在性別的前提之前是『我不想要愛情』。」

「一般人兩者的順序會是相反的吧，你果然很奇怪。」

「妳是最沒資格說這種話的人。」

「又不是我願意的……」

「阿揚……」

還沒走到捷運站，一個穿著淺紫色針織衫和白色裙子的女人的聲音就先拋了出來，連誤會的餘地都沒有，喊完「阿揚」兩個字，就一語不發的盯望著林宇揚。這麼準，才剛想套他話，就出現一個真人，接下來就要上演八點檔的灑狗血大戲嗎？

通常我是打死也不會涉入這種場面，所以我很想離開，但花癡澄讓我的腳像生根一樣動彈不得，並且在確認那女人的眼神之中倒映著和花癡澄相似的目光之後，那股心痛的感受又開始蔓延。

想問。但連問的資格都沒有……不、我可是一點都不想知道……那女人究竟是誰？我不敢望向他，如果在他眼中看見相同的熱度該怎麼辦……最好是前女友然後轟轟烈烈的復合，雖然我覺得我也會遭殃，但花癡澄長痛不如短痛……

但是林宇揚真的不是一個好角色，任何台詞都沒有，很冷淡、真的是很冷淡的邁開步伐，就從那女人的身邊走過；老實說我鬆了一口氣，我也滿害怕花癡澄會主動加入戰場，但就在我也打算轉身離開的時候，那女人居然抓住了林宇揚的手。

我有種很不妙的預感。

「阿揚……我、我……」

她抓著林宇揚的手，我半天我不出完整的句子，花癡澄的心像懸在崖邊，我也看不出什麼頭緒來。

總之可以知道那女的喜歡林宇揚，但他的反應真的不是普通的無情，不過我想這樣大概又讓花癡澄燃起了一點希望，至少他對「于澄」友善多了。拜託、這不是我預期的結果吧。

「不要再來找我了。」

他撥開她的手，果然很八點檔的台詞。但我的立場實在有點微妙。如果我是編劇，下一幕一定會把光打在我身上。

「是因為她嗎？」果然。

「跟任何人都沒有關係，妳應該很清楚這一點。」

不、我很想告訴林宇揚，在愛情裡就算清楚也會把自己搞得不清不楚的，好歹我也談過幾場戀愛，講得越清晰明白的時候，對方因為完全無法反駁又不想認清事實，所以就任性的把一切攪得亂七八糟，接著就可以完全憑藉自己的感情自由發揮。

也就是說，越講道理對方就越沒道理可言。

雖然花癡澄也有點這種跡象，但畢竟她也沒有潑灑的餘地，但看樣子這女的可以演的戲很多。

「再給我一次機會……」

再？所以林宇揚曾經給過她一次機會囉？

「愛情從來就沒有重來一次的機會。」

然後林宇揚很堅決的離開了。於是就剩下我跟她。

接著她把焦點從林宇揚的背影移到我身上，我打從心底渴望自己能簡單的跟她笑一笑說「不關我的事」就離開現場，但這種明顯會被情緒主宰的場合，我還是敵不過花癡澄。所以上演的是會壓死人的沉默。

煩死人了，這樣觀眾怎麼看得下去啊，跟林宇揚也是沉默，跟半路殺出來的女人也是沉默，跟我也都是我在講，花癡澄實在太不敬業了。

但畢竟現實不是八點檔，很多時候有一堆話想要說，卻無論如何也說不出口。

我嘆了一口氣。

「愛情是兩個人的拉扯，所以妳看著我也沒用。」

「妳跟阿揚……」

「沒有任何關係。」我知道她不會信，現在我說出來的話跟表情的差距無論多麼善意都會覺得不真心，「總之是很複雜的情況，我喜歡他，但他一樣很兇狠的拒絕了。也就是說，問題是在他身上。」

「我們曾經很相愛的……」

我的心又開始痛、好痛，就說了為什麼倒楣的都是我？

「總之，就算妳的愛情跟我的愛情指向同一個人，但他的愛情也只會指向一個人，我並不想知道你們的過去，更沒必要分享心得或經驗什麼的，因為我在努力的並不是讓他愛上我，而是讓我自己放棄他。」

「放棄一個人比愛一個人更難……」

「但是再難也得放棄。一個人痛苦總比大家一起被拖下水來得好吧。」

□

最近大家都說我變瘦了。

事實上照著鏡子的時候也覺得自己看到鬼，明明就是喜歡的食物卻一點食慾也沒有，因為花癡澄對生理方面的掌控力實在太大，所以我也只能用腦袋想像我吃著食物的樣子，手卻沒有行動的跡象。

本來就已經很鬱悶了，加上那天那個女的就讓她更鬱悶了。「我們曾經很相愛的」。就是這句話讓花癡澄整個人陷入無底深淵。

不過就是「曾經」嘛，哪個人沒有曾經呢？但人好像有一種習性，會假定自己會是對方生命中最特別的那個存在、最深刻的烙印，甚至是對方生命中的唯一，換句話說，這種妄想根本就是希望對方在遇見自己之前的時間都是白活，然後因為自己而找到存在的意義，最好是自己就是對方存在的意義。

然而「成為某人存在的意義」這個陳述的沉重，到底有多少人能夠真正負荷呢？花癡澄很想問林宇揚，但那女的似乎就是一顆地雷，說不定一提起林宇揚就會爆炸，不用一個月的期限，當場花癡澄就會被炸飛然後出局，所以花癡澄越來越壓抑、越來越小心翼翼，也越來越在意，結果就是現在我這一副阿飄樣。

如果有全世界倒楣鬼的排名，我想我應該可以在愛情範疇裡沾到一點邊。

也因為這樣，老頭越來越內疚。

「老頭，你也看到了吧，這場愛情無望，你快點把關鍵句交出來吧。」我現在的聲音怎麼虛弱得要命。
「澄澄啊，一開始我也不想這樣，還以為妳能好好談一場戀愛……」
「那些話可以省略，直接跳到關鍵句。」
「好吧，解除晶片的關鍵句是……」
「我不想聽。」花癡澄突然大喊，我還以為這些日子以來我已經跟花癡澄溝通得很好了，沒想到她居然在這個時候殺出來，「我還不想放棄……」
「澄澄啊……」老頭的臉越來越內疚了。
我嘆了一口氣。「不要叫我，是她。」
「我要早退，跟她好好溝通。」
「妳早點回去休息吧，告訴她飯還是要吃。」
「嗯。」
我都不知道說了幾百遍了，花癡澄沒食慾就是沒食慾，這樣兩種人格共用一個身體的狀態實在很難逼迫她什麼，畢竟我也是和她一起感受到那種掙扎跟痛苦。
我從來沒有這麼深切的愛一個人，即使是貼上「男朋友」標籤的對方，也只是比其他人多了那麼一點足以稱為特別差異；這些日子以來隨著花癡澄的情緒波動，雖然覺得自己會早死，但並非沒有思考過「愛情」這件事。

愛一個人並不是那麼難，但決定認真去愛一個人卻需要巨大的勇氣。

我嘆了一口氣，不想面對我對愛情的價值體系被花癡澄搖晃得開始有些不穩，所以在我看著「堅忍不拔」的頑抗分子時，突然看見一道「這個人可以挽救我過去的價值觀吧」的曙光。

就是那個正在翻著日文課本的冷淡鬼。

「你有沒有看到我這臉憔悴樣？」

「想裝可憐嗎？」

「不用裝就已經夠可憐了。」我很用力的嘆了一口氣，「都到了這種地步她還死不放棄，你可以告訴我這是為什麼嗎？」

「妳覺得在我身上找得到答案嗎？」

「我只是覺得你是唯一一個會說出讓我感到愉快答案的人。」

遇見這種冷淡鬼還是有好處的，不管是阿平或者老頭、媽就更不用說了，一定會說些什麼「這就是真愛」、「沒有愛情等於失去生命」這類毫無建設性的話。

「就是因為難以放棄才會被稱為愛情。」

「什麼？」冷淡鬼不是應該很無情的說「因為那些人沒有腦」這樣的話來嗎？

「愛情的麻煩不是因為複雜，而是因為一旦陷入就無法控制自己。」

最後一絲曙光也滅了。

「你是最近受到什麼打擊嗎？你應該、更冷淡一點，至少不要這麼感性的說這些感想吧。」接著花癡澄突然搶過發言權，「是因為那天那個女孩子嗎？」

「不關妳的事。」

就說是地雷了。花癡澄真的很喜歡把自己、也就是我往危險區域裡扔，也不想想眼前的男人是高度危險分子，不僅有實質的攻擊能力，更因為花癡澄對他的愛情而握有更強大的心理武器。一句話就可以殺死花癡澄了。

所以說愛得比較深的人就輸了，愛情的深度跟暴露自己弱點的程度成正比，更何況在愛情裡什麼都可以是武器、什麼都帶有殺傷力。

「我只是很在意……」

林宇揚冷冷的看了我一眼，最後決定以行動來表視無視我的決心。

「瞪我也沒有用，愛惹麻煩的是她。反正也快啦，一個月比我想像的還要快。」

「這種期限一點意義也沒有，為什麼當初不乾脆說一星期，就妳所說的，早點解脫不是嗎？」

「因為很沒誠意啊，雖然我覺得無法理解，但也是能體會到她愛你愛得死去活來的，至少知道她的愛情很堅定，我也是有良心的好不好。」再說博士也不會乖乖配合。

「再怎麼堅定的愛情，只要不是雙向，結果就只會是傷害。」

「拜託你說個一百次給她聽，有一種生物就是寧可受傷也要愛的自虐狂。」

「所以一開始才要妳放棄。」

林宇揚突然很認真的看著我，我想他注視的是花癡澄，我突然感到淚腺在發酸，多持續個幾秒鐘說不定就會落下兩行清淚，所以我別開視線。

因為不想傷害妳所以不得不推開妳。從他目光之中傳遞而來的訊息大概是這樣吧。

「其實你冷淡的外表下是個好人吧。」

「隨便妳怎麼想。」

「說不定她愛上你是我倒楣之中的幸運呢。」

不、我要收回我在日文教室的那句話。

花癡澄愛上他是倒楣之中最倒楣的一件事。

媽的現在是要把花癡澄「送他到捷運站」的丟臉行程拉長成為「送他到捷運站然後陷入八點檔的三角劇情」嗎？

總感覺像無限迴圈一樣，我跟林宇揚走到捷運站、哀怨女對著林宇揚哀怨而我尷尬的站在旁邊、林宇揚堅決的離去，最後留下哀怨女和倒楣的我。

但是又能怎麼辦？林宇揚壓根沒有給花癡澄或者哀怨女機會，死不放棄的花癡澄也沒立場去勸退人家，結果就是糾結在一起，而且找不到一把夠利的剪刀。

但是沒道理糾結的中心點可以若無其事的回家睡覺吧。

所以我（對、是我）拉住了林宇揚。

「把話說清楚吧。」我說。他的眼神也太兇狠，我可是為了大家好耶。

「我有哪一句話說不清楚嗎？」

結果林宇揚還是走了。害我白白被瞪。不只、剛剛的動作還引發了連鎖反應，也就是讓哀怨女找到機會把箭射向我。

「這是我最後一次來找他了。」

什麼？為什麼大家都喜歡說出我意料之外的話？

「一切都是我活該，當初只看愛情的表面卻忽略了更重要的內容，所以選擇了華麗的空心愛情，拋棄了平淡卻實心的感情……人都是自私的，我大概比一般人都還要自私吧，故意忽略自己帶給他的傷害，說想回到過去就任性的出現在他的面前……阿揚他從以前就是個下定決心就一定會做到的人，所以打從一開始我就知道他不會接納我，但就還是會期盼自己是那個例外，終究不是我……」

「為什麼要跟我說這些？」

「大概是因為感覺到妳也很愛他吧，所以覺得妳能理解我。」

不、其實我一點都不理解，而且愛上林宇揚的人又不是我，但是我知道那有多痛，因為打在花癡澄身上，總是痛在我的身上。

「就算是同樣愛著一個人，不、有時候更是因為愛的是同一個人，所以更難相互理解。」花癡澄是在激動什麼？「看著妳的時候，會想著、這個人也很愛他，只要這麼想著，就會有一種難以忍受的感覺……更何況是曾經傷害過他的人……妳是不會懂的，」花癡澄直直的盯望著她，「他拒絕的是妳的愛情，但看向我的時候，他所拒絕的並不是我的愛情，而是愛情。這種差別妳是無法理解的……他從來就沒有望向我的愛情。」

花癡澄轉身踏離那塊糾結的圈，一步比一步還要沉重，腦海之中反覆的是剛才花癡澄跟哀怨女的對話，隱隱約約感覺到什麼，但那樣的隱微卻無法說明胸口膨脹的疼痛。我用力的深呼吸，彷彿不這麼大力就會喘不過氣，只要想起「他從來就沒有望向我的愛情」這句話。

我對花癡澄說過，只要想著「他拒絕的是愛情而不是妳的愛情」這樣就輕鬆自在多了，然而對花癡澄而言似乎恰好相反。

這兩者之間的差異有那麼巨大嗎？

09

「什麼一個月的，也已經沒有意義了，妳的愛情讓我覺得很困擾。」

困擾。我的愛情是你的困擾。

不懂、完全無法理解。

我能明白愛情，卻無法理解在愛情裡的人們。

花癡澄越來越鬱悶了。我隱約感覺到有些什麼在我體內醞釀，不時傳來一股疼痛感和空盪盪的感受，要不是清楚的知道有花癡澄的存在，我可能會懷疑自己得了什麼病。

但其實愛情跟生病沒多大差別吧，名為「那個人」的病毒侵入體內，隨著病毒種類和寄主的健康狀況不同而產生速度的差異以及結果的不同，例如小感冒可以自動痊癒，氣管發炎需要醫生協助，肺癌末期就無解。

雖然說愛情通常是死不了人，但生不如死才是折磨的極致吧。更無解的是那根本就是自我折磨。

也不是說沒有好事發生，但總不會因為甲亢會促進新陳代謝就希望得病，控制不好很容易早死的。再說愛情失控的機率近乎百分之百。

花癡澄妳說對吧？所以說啊，為了避免我早死，妳就不要掙扎了，妳看看我瘦了多少，又整天眉頭深鎖的，很容易會影響人際關係跟增加家庭問題的耶。

就像這陣子的媽，透過阿平知道我的愛情不順，想幫忙卻又不好開口，總是一臉擔心的看著我，偏偏媽又是那種什麼情緒都寫在臉上的人，結果就是她看著我難過，我看著她更難過。

「媽，妳有話就說吧。」

「妳最近瘦很多。」

「說重點吧。妳也不是那種會拐彎抹角的人。」

「妳真的那麼喜歡對方嗎？以前就算妳談戀愛或是分手，也沒有太大的差別，但這一次……」

「總之對方一開始就擺明我跟他不可能，只是不想沒有努力就放棄。」花癡澄大概是這樣想的吧。

「澄澄……」媽溫熱的手包裹住我的，「有時候放棄也是一種愛。」

「媽放棄過嗎？」

「嗯，很久以前的事情了。在妳爸爸之前我曾經很愛很愛一個人，那時候甚至覺得沒有他我就不想活了，妳大概會覺得是瓊瑤小說看太多，但現在回想起來還是會感到揪心；但是對方的身邊已經有人了，而且也明白的告訴我他只愛那個女孩，但就算聽到他這麼說，也還是不想放棄，因為我是真的很愛他……那個時候陪在我旁邊的人就是妳爸爸，他一直看著這樣的我，卻還是不放手，所以說愛情很美卻也很殘忍，最後是妳爸爸對我說『放棄也是一種愛』，不讓對方感到負擔、也放過自己，重要的是能夠讓那份愛情停止在最美麗的時刻，再拉扯下去只會讓我們越來越看不見愛情的美麗罷了。」

「但是爸沒有放棄媽……」

「那時候真的只是朋友啦，是很久之後又遇見，妳媽媽我很精明的套牢他啊，不然這麼好的男人被拐走了多可惜。」

「他跟爸比起來，媽比較愛誰呢？」

「我也不知道怎麼回答，因為年紀和心境都不一樣，我只能說，現在我很愛妳爸爸，澄澄，比較愛誰比較深是沒有意義的，重要的是妳有沒有認真的去愛過那個人，只要是全心全意的凝望著對方，一定會知道哪一條路是對彼此最好的。」

「所以說我不得不放棄嗎……？」

「澄澄，愛情裡從來就沒有『不得不』，妳一輩子不放棄也沒有人拉得住妳，媽只是希望妳看著對方的同時也好好的看著自己，痛苦是愛情的一部分，但只有痛苦就絕對不是愛情的真正面貌了。」

我都快哭了，活到這麼大第一次覺得媽其實感性得很理性，好吧、事實上花癡澄也已經哭了，緊繃了那麼長的時間，突然有個人伸出手擁抱自己，就只是那麼輕輕一碰便瓦解了所有武裝。

「我真的很愛他……」

雖然我覺得哭得唏哩嘩啦還喊著「我真的很愛他」實在是一件很丟臉的事情，但我現在真的是眼睛酸酸鼻子酸酸心也酸酸的，如果可以的話我也想抱著花癡澄說「乖、痛苦會過去美好會留下的」；畢竟相處那麼久也有感情了，而且我太過明白花癡澄受了多少苦。

就算是這麼痛，但想起林宇揚的時候，除了心酸還帶有滿足，真不知道該說她偉大還是笨。

媽輕輕拍著我的背，讓我靠在她的肩上，「這就是他帶給妳最大的禮物了。」

□

花癡澄的行動力比我想像的決斷很多，心情平復之後她立刻約了林宇揚出來。

不知道為什麼，從電話接通到我已經站在約定位置的這一秒鐘，並沒有上次那般的緊張感，帶著很緩慢的呼吸，一點想像的氣力都沒有，心有點酸又有點疼痛；我並不是很理解現在花癡澄的心情，也只能從自己的身體感覺去猜測，她似乎是已經預料到見面的結果。

但究竟是什麼結果？

公園入口的路燈很亮，然而卻也只能覆蓋那有限的圓，就像花癡澄的愛情很明亮，但只要林宇揚不踏進來，花癡澄永遠看不清他。

然而在花癡澄的等候之下，踏進路燈光線範圍的林宇揚，即使這個圓之中只站了兩個人，卻也只是她和他。到達不了的是「他們」這兩個字。

「有什麼事嗎？」

「抱歉突然約你出來。」

就在路旁的公園其實很吵雜，聽不見林宇揚的呼吸聲也聽不見我自己的，心跳沒有加快呼吸沒有急促但視線的落點始終是他。隱約的那一聲嘆息，正是因為太過隱約而讓我突然分辨不出是我的還是她的。

總之花癡澄開口了。

「她說，你們曾經很相愛。」

為什麼花癡澄每次都要挑最大顆的地雷去踩？我知道她很在意，但在愛情裡也不是勇往直前成這樣吧，閉著眼睛都能感覺到林宇揚散發出的可怕氣息。我能怎麼辦？花癡澄本來就什麼都不怕。

「如果妳是想要套問些什麼，那我沒什麼好說的。」

「為什麼你能拒絕她的愛情而我的愛情連直視都不願意？」

「結果是一樣的。」

「一樣?……如果你好好看著我的愛情，認真的拒絕我，那麼我立刻就放棄你。」

「那也會是一樣的結果，妳不要再做無謂的努力了。」

「從來就不會是無謂的努力，只要你能看見我，無論答案是什麼對我而言就已經足夠了。只要你願意把目光放在我身上，就只要一個目光而已……」

「無論再微小的事情，在愛情裡就是一種勉強。」

四周的音量並沒有降低，來往的車輛和偶爾走過的行人，但我耳邊像是有些什麼不斷的嗡嗡作響，撇開視線的林宇揚，陷入沉默的花癡澄，總感覺這時候的我一句話都不該說。

這是花癡澄和林宇揚兩個人的事情。

「到底是為什麼呢?到底是為什麼連一個目光都不願意給我?」

「一開始我就告訴過妳，愛情對我而言是種麻煩，我根本沒有想踏入愛情的打算。」

「所以就推拒所有愛情的可能性？」

「那也是我的選擇。時間很晚了，妳早點回去吧。」說完林宇揚便轉身離開，但花癡澄卻下意識的拉住他的手。

靜止。凝滯。膨脹。爆裂。瞬。間。

「夠了吧。」

花癡澄看著林宇揚，好不容易伸出的手又無力的垂放而下，就說再這樣下去林宇揚會爆炸的吧；但花癡澄像是已經做好心理準備一樣，我體內任何驚訝的情緒都沒有產生。

我多多少少察覺到這陣子「于澄和林宇揚」的拉扯已經太過緊繃，愛情本來就是一種負荷，他其實也沒有義務去擔負這些。

花癡澄也不過就是放手一搏。

在放棄他之前，怎麼樣我都希望他能真正看見我。

「什麼一個月的，也已經沒有意義了，妳的愛情讓我覺得很困擾。」

困擾。我的愛情是你的困擾。

「我只是愛你而已……」

「但是我沒有義務去承擔妳的愛情，妳拚命想跨越那道界線，但那卻不是妳能夠走進來的區域。我不想要愛情，也不想要妳的愛情。」

我不想要愛情，也不想要妳的愛情。

我感覺到一股悲傷從體內爆發，瞬間性的膨脹，接著感覺到的是頰邊滑落的溫熱液體，是花癡澄的眼淚。

一滴、一滴，蜿蜒在冰冷的頰邊。

「你真的愛過嗎？」花癡澄像是被剪斷所有繩索的木偶一般失卻所有氣力，「在愛情裡想更靠近對方、想更了解對方不對嗎？因為覺得私我領域被瓜分所以索性推拒所有想靠近的人，你真的覺得這樣稱得上是愛情嗎？」

林宇揚一動也不動的站在我面前，面無表情的凝望著我，或許是凝望著說出那段話的花癡澄，然而我也無法動彈，到底那段話是對著林宇揚說，還是對著我說？

愛情並沒有我所想的那麼簡單明瞭，這是打從一開始我就知道的事實。

一直以來我的愛情，都是在一種刻意之下屏除太過繁瑣的延伸，也就是因為這種舉動讓對方變得更貪心或者決定後退，但兩者的結果並沒有什麼不同，我後退或者對方後退，總之就是拉開了距離退到了愛情之外。

於是我們終於得以乾淨俐落。

我並不是沒有認真的愛過一個人，相反的我認為自己對於每段愛情都是相當認真投入，只是我所需要的距離比一般人更遠，遠得足以讓對方的不安膨脹到爆裂的邊緣，而我往往選擇保全自己。捨棄愛情。

但對方總是認為我捨棄了他們。

雖然說、就結果而言很難指出確切的差異，在那些人的眼光之中，愛情就等於我，但從來我就只是我。

「你不過就是在保護自己而已。」

「妳是站在什麼立場說這些話？」

林宇揚冷硬的話語狠狠的將花癡澄阻隔在外。

在他轉身離開的弧度之中，望著他的背影的我以及花癡澄，她已經說不出任何話語了，如果再不說些什麼，于澄跟林宇揚之間勉強拉在一起的線就會因為這個轉身而扯斷了，但是這不就是我所假定的結果之一嗎？

順利的讓林宇揚說出關鍵句或者，讓花癡澄徹底死心。

所以只要讓林宇揚踏入我的視線，這場遊戲就徹底結束了。

「因為我也一直在保護自己。」林宇揚停下腳步，我看見的依然是他的背影，所以說、我和他正站在斷裂的邊緣，「你相信也好，不相信也無所謂，一直以來你所感覺到的兩種個性的確是在我體內存在的兩種人格，並不是多重人格，而是我被博士植入會啟動愛情的晶片，而說出關鍵句的人是你。

「愛上你的人是那個你一直覺得很煩人的性格，我一直抱持著『只要在對話中你再說出解除的關鍵句就好』，或是『讓她放棄你也可以』這樣的主意，因為面對愛情的態度你跟我太像，所以我知道只要放任她去接近你，就不會有任何『愛情』的結果，因為只要對方越努力的靠近，我們就越想往後退。

「但是看著她，不、確切感覺著她的愛情和她的心情，不管是臉紅心跳或是悲傷難過，都是那麼簡單的因你而起，從來我就沒有這麼在乎過一個人，也沒有感受過這麼直接的情緒，雖然在感覺的同時我也在抗拒，一直告訴自己『愛情果然很麻煩』、『愛情就是這樣讓人一步步的失去自己』……但卻也因為她對你的愛情，讓我體會到真實。你決定離開也無所謂，反正你對她大概也沒有愛情存在，但至少、我不想讓她一直以來的努力與愛情白費。因為她真的很愛你。無論起因是什麼，她是真的全心全意在愛你。」我深深的吸了一口氣，「我會為了她開始正視愛情、不再逃避，永遠不受傷同時也意味著永遠都觸碰不到真實。」

愛情就是在傷痛與療癒的過程中讓我們成長，更明白如何去愛一個人。

林宇揚往前踏了一步，就算是這樣毫不留情拒絕花癡澄的愛情，但她在這一秒鐘卻還是不願意移開目光，明明就知道越注視只是越痛苦卻還是……

但愛情讓我們失去的並不只是自己，還有對方。

因此彼此都在愛情之中逐漸的給出自己，因而我們所失去的並不單單只有自己，連初始的對方也開始崩解，然而在崩解的過程之中我們也不斷努力重組，正是因為失去所以才會渴求，於是在我的身軀之中包含著你、而在你的影子裡也拖曳著我。

愛情並不單單只是愛或者不愛，而是將所愛的那個你認真的嵌入身軀之中的某一個部分。

我想無論是曾經那麼愛過的花癡澄，或者是她那麼愛著的林宇揚，都會成為我身體以及記憶中一個無法抹滅的區塊。

強迫自己閉上眼，我不想讓花癡澄目擊這太過殘忍的一幕。

往往轉身離去的是我，所以我一直也都是這麼殘忍的對待著愛我的人嗎？

「就是因為愛過才知道愛情有多傷人。」張開眼的時候，林宇揚就站在我的面前，「我和妳是不一樣的。」

「一直逃避是不會痊癒的。」

「說這句話的是誰？」所以他相信晶片跟花癡澄的存在？

「我。」很認真的看著他，「我想今天是她最後一天在我身體裡了，都已經到這種地步了，博士也該看不下去了。」

「能讓我跟她說句話嗎？」

「你想說什麼？」花癡澄的聲音很微弱，但目光卻移不開林宇揚。

「謝謝妳還有、對不起。」

10

「就是因為妳屬於愛情的頑劣分子，所以才覺得適合以妳作為重新面對愛情的起點啊。」

「所以是把我當踏板的意思嗎？」

「老頭，她已經決定放棄了。」

「這樣嗎……」博士嘆了一口氣，「她受了這麼多苦，但真正想教育的人卻一點長進都沒有。」

「我也受了很多苦好不好，心痛得要死還動不動就心情鬱悶，你是沒看見我現在憔悴得跟鬼一樣嗎？」

「生理的痛苦永遠比不過心理的折磨。算了、算了，朽木不可雕也，要關鍵句就關鍵句了。」

「所以呢？」

「關鍵句是『我已經不愛妳了』。」

「什麼？」我必須很努力克制才沒把手邊的資料夾扔過去，「這又是什麼爛設定，所以我一開始只要問他『你愛不愛我』不就好了。」

「就說中文是很高深的，就算妳這樣問他，他也只會回答妳『我不愛妳』；『我已經不愛妳了』是要你們兩個談過戀愛，而且對方後來不愛妳了，才會說出口的話。這是我精心設計的關鍵句耶，如果他不變心，你們就會永遠相愛，他不愛妳了，妳也能夠脫身。重點是，晶片設計的理念本來就是希望那些太過理智的頑劣分子好好的體會『真正發自內心』的愛情啊。」

變態。這死老頭果然是變態界的變態。

「那我打電話叫他說這樣有用嗎？」

如果還要當面看著林宇揚並且聽他親口說出關鍵句，我一定又得經歷那種又鬱悶又心痛又心酸的情感折磨，而且這種關鍵句感覺就像又被他拒絕一次一樣。遇到他短短不到三個月，被拒絕的次數說不定比我這一輩子的總數還要多。

自尊心很受傷吶。

「哼，這麼小看我的晶片。人家的晶片可是高度晶片的設計，電話這種失真的扭曲媒介當然是無效，反正妳就是得當面聽見。」

「那如果對方是混帳，一變心就失蹤，那我不就死定了嗎？」

「這的確是需要改良的部分啦……」老頭突然心虛的笑了一笑，「所以我才這麼關心妳跟對方的進度啊，怎麼樣也要避免對方消失的可能嘛。」

「你到底有沒有腦啊？再說你根本就是想要滿足自己的八卦欲望……對了、直接把植入我體內的晶片拿出來不就好了。」

老頭吞了一口口水，深呼吸一下、深呼吸兩下……然後很誠懇的看著我，「于助理，人生有很多事情並不能如我們預期，就如同妳也背離了我的研究假設一樣。」

忍耐、于澄妳要忍耐，殺人真的是犯法的，而且妳現在這麼憔悴的狀態是殺不了人的。

「簡單的翻譯之後，就是我們偉大的博士不小心、很不小心的忘記晶片的位置，是這樣嗎？」

「從技術面而論，我也是不能反駁這一點啦。」

「媽的你這該死的老頭。」最後我手邊的資料夾也還是飛過去了。

「呼，safe。」真是搞不清楚狀況的老頭，這種時候還敢露出覺得自己靈巧所以輕鬆躲過資料夾的得意表情。

「你是想再被砸嗎？聽說某人的某個櫃子上放的資料都是珍貴資料呢。」

「有話好說嘛……」老頭在「遠方」拉開諂媚的微笑，「重點是，現在對方是好人啊，就算不是很圓滿的結果，他還是會幫助妳解除晶片設定啊，小澄澄妳就讓一切隨風飄去吧，做人要往前看……」

「至少你的晶片有一點很成功啊，破壞我的理智，讓我相、當、確、切的感受到，什麼叫作『發自內心的憤怒』。」

「呵呵、呵呵……妳要不要趕緊打電話給撿筆男孩啊？早點解除設定妳就不會繼續憔悴下去了……」

老頭又露出很噁心的諂媚微笑，一邊還觀望著我的動作，這張晶片最大的後遺症絕對是會讓我早死，我一定會被列入罹患心血管疾病的高危險群。

「你的撿筆男孩正努力的在工作，更何況現在約他跟下班再約他不是一樣的嗎？再說身為助理的我，本來就應該好好的跟博士『溝通』，好好的『提醒』博士，研究的過程中遺漏任何一個細節，都可能產生無法挽救的後果。你說對吧？博士。」

「這個我當學生的時候，教授已經不斷提醒過了，這次真的是意外、意外，所謂的意外就是要用下一次來彌補嘛。」

「媽的你如果敢在我身上玩第二次，我不僅會在你的咖啡裡下毒，還會放火燒了你的寶貝研究室……」

坐在公園的長椅上，就是花癡澄和林宇揚的拉扯終於被扯斷的公園。

沒辦法，和林宇揚的交集並不是很多，所以只好以日文教室為中心點來約見面地點，但是坐在這裡能清楚的看見那座路燈，如果說每個人的每段關係中都有一個深刻的銘印，對花癡澄而言說不定就是那盞橘黃色的氤氳。

所以我又開始鼻子酸酸眼睛酸酸心酸酸，唉、花癡澄妳就看開一點吧，至少林宇揚最後有好好看著妳的愛情。雖然還是拒絕，而且我也不是那麼理解花癡澄的堅持，但也算是了無遺憾了吧。

要跟妳說再見我也有點捨不得啦，但這也是沒辦法的事，不然再這樣下去我的人生會被攪得一團亂吧，至少因為妳讓我那麼貼近愛情，雖然我還是覺得這種愛情的方式太過橫衝直撞，可是我也確切的感受到了在愛情之中的所有情緒起伏，更重要的是，似乎妳也晃動了林宇揚的堡壘，總有一天他會重新踏進愛情吧。

做人啊，不一定要讓對方愛上自己，只要能成為他生命中某一個值得被記憶的人，那就夠了啊。

我啊、他啊，都會好好的記住妳的。

「妳還需要發呆多久？」

我抬起頭，看見穿著整齊的林宇揚就站在面前，「被打斷了，發呆可是可遇不可求的難得精神狀態吶。」

他聳了聳肩，冷淡的氣息消散了一點，但卻也一點笑意也沒有。

我站起身，「速戰速決吧。關鍵句是『我已經不愛妳了』。」

「嗯？」

「不管啦，反正你一字不漏的照著唸就好了。」媽的，心好痛、痛痛痛死了。花癡澄妳不要到最後還這樣吧。

「我已經不愛妳了。」

在他的句點之後，我閉上眼睛，感覺那蔓延的心痛感逐漸消退，有一種空虛感，就像是一直戴著手鍊但突然被拆下的那種空虛，無關緊要然而卻讓人不得不在意。

我突然想起來，我忘記跟花癡澄說再見。

張開眼之後，我看見依然沒有改變姿勢的林宇揚。

「她好像不見了。」我深深吸一口氣，認真的注視著他，沒有預期的劇烈反應，雖然有一點點心跳加快的感覺，但我想那只是因為身體需要一段時間適應花癡澄不見的事實，「嗯，她不見了。」

「是嗎。」

「這些日子謝謝你啦，雖然冷淡得要死，但其實很體貼吶。」

「我該說謝謝嗎？」

「聽不出來是客套話嗎？」雖然很對不起花癡澄，但還是這種理智第一的生活方式最輕鬆了，「好啦，感謝你特地來這一趟，那我先走了，肚子餓了。」

「本來我還對妳說的什麼晶片半信半疑，但現在看起來，似乎是千真萬確。」

「嗯？」我肯定這傢伙的這一段話裡包含著濃濃的諷刺。

「就好像我已經沒有利用價值了，笑一笑揮揮手就甩開了。」

「是誰想甩開誰啊？還是說你是某種骨頭很賤的生物，黏過去你就像看見髒東西一樣要撥開，不理你反而會引起你的好勝心？」

「果然我跟妳是不一樣的。」

「什麼？」

「我只是冷淡，但妳是冷血吧。」

「我以為你懂這叫作理智，我只是研判當下最適合採取的動作罷了。」

「最適合誰？我想基準點還是妳吧。」

「林宇揚先生，看來你今天很閒，但我現在肚子很餓。」

花癡澄消失之後我要做的第一件事情當然是去吃東西，這陣子被搞到食不下嚥，不好好彌補一下自己怎麼可以。

但那傢伙還是一臉無所謂的擋在我面前，於是我死瞪著他，這麼看著的時候突然回想起這幾個月來的微妙關係，也因為直視所以發現其實他正在確認些什麼。

「你放心吧，我不會編故事騙你，然後假裝自己很好最後跑去自殺之類的，不過你比我想像的責任感重很多吶。」

他終於笑了。「誰會那麼輕易相信妳那樣的說法，又不是在演科幻電影，再說除了責任感之外，我知道『那個人』是真的全心全意的投入愛情，所以當然會在意。」

「如果她知道了會很開心。」最後我也笑了，「沒辦法，為了她我就好好跟你相處吧，某種程度上我們也算是『共患難』了。」

至少花癡澄的愛情帶來了不少轉變。

「當初妳約我喝咖啡我沒有答應，今天請妳吃晚餐吧，畢竟這些日子妳應該也很辛苦。」

「你說吃晚餐就跟你去啊？再說約你的人又不是我。」卑鄙，才想要跟他好好相處，他就掀出這些丟臉事，「不過好吧，我比某人的性格好太多了。那就去附近那間新開的餐廳吧，看起來很高級的樣子呢。」

「妳還真的是一點也不客氣呢。」

「沒辦法，這是我的理智研判出來最適合的結果了。」

□

果然是高級的餐廳。

翻著菜單的時候我越來越開心，開胃沙拉就要一兩百塊、再看看主餐的價格……看來不只我的胃，連我的心也會得到大大的彌補。

「我真的覺得我們應該好好的相處……」

「所以下次換妳請吃飯嗎？」

「那我們不用再見面了。這頓晚餐就當作是最後的晚餐吧。」

「妳可真是瞬間顛覆了我對妳的印象，就算偶爾會出現比較冷靜的樣子，但也不到這種程度，果然是因為有利可圖。」

「對一般人不會這樣的，但因為跟你的起點就已經不同了，所以當然要給你『特別』一點的對待，你說是吧？」

接著服務生就送上來漂亮又看起來很好吃的沙拉，比起林宇揚食物重要得多，但越吃越覺得不對勁，雖然料理很好吃而我也很餓，重點是現在的他應該對我而言一點吸引力都沒有，但為什麼我的視線會不斷的飄移到他身上？

不、這一定是花癡澄留下的遺毒，畢竟從解除晶片設定到現在連一個小時都不到。

但是當初林宇揚講出關鍵句的時候，花癡澄帶來的效果是立即性的啊。

不會吧……

不會是最糟最惡劣的那樣吧……

不會。

絕對不會。

「我以為妳肚子很餓，為什麼吃到一半停下來盯著我？不好吃嗎？」

「就是因為好吃才讓人焦慮。」明明就是好吃的東西，但是我居然下意識停下進食的動作只因為他？

「妳的思考模式真的很難用常理推斷。」

「隨便啦。」管他說什麼，採取動作的第一個重點就是要先研判情勢，「你的手借我。」

「嗯？」總之他還是放下叉子、伸出他的手。

我毫不猶豫的握住他的手，然後看著他又看看交握的手，沒有當初花癡澄在的那種臉紅心跳，但是、但是……有種熱熱的感覺逐漸蔓延，跟那時候握住阿平的手也不一樣，就好像是花癡澄反應的微量版……

也就是說，我對這傢伙……

下一秒鐘我立刻鬆開手，老天也沒必要這樣玩我吧，如果是因為花癡澄讓我遇見愛情，也換個男主角好不好？為什麼非得是這個冷淡鬼不可？難道以花癡澄的身分被他拒絕之後，真正的于澄也要被拒絕一次遊戲才會結束嗎？

所以就說了，當你覺得自己很衰的時候，還是會遇到更衰的事情的。

「妳又怎麼了？又是實驗？」

我抬起頭認真的注視著林宇揚，接著以相當誠懇的聲音對他說：「結束今天的晚餐之後，我覺得我們還是暫時不要見面比較好，在日文教室見到也不要打招呼最好。」

「我以為晶片解除之後妳會變回正常的樣子，還是說妳本來就是個怪人？」

「隨便啦，反正就是這樣，吃完飯之後就回到原點。」

「該不會妳也愛上我了吧？我記得當初做這個實驗的時候……」

媽的，一定是花癡澄留在我身體的餘毒，所以才會覺得林宇揚很吸引人。尤其是他現在帶有一點戲謔的笑容，就算把目光移開還是不由自主的又轉回他身上。

「哼，頂多就是有好感而已，再說、花癡澄要完全消失也需要一點時間吧。」

「是嗎？」他幹嘛用那麼深邃的眼神看著我，「如果是妳的話，說不定會有不一樣的結果。」

差一點我就噎到了，現在是他的報復時間嗎？

「不需要『如果』，你一定是受過很大的創傷才會抗拒愛情，我才沒有時間精力去扮演那一個護士角色咧。」

「不好奇嗎？」

「你沒聽過好奇心會殺死一隻貓嗎？」

「我們現在也算是朋友吧。」

「所以你想逼迫『朋友』傾聽你的傷心往事嗎？」我瞪了他一眼，「卑鄙。」

「妳也沒有好到哪裡去吶。」現在是要翻舊帳是不是？我可是為了他跟花癡澄好耶。

「快說快說啦，最好是五分鐘簡報。」

「被劈腿了。」

「什麼？你這種人也會被劈腿？」

林宇揚很兇狠的看著我，「『朋友』是不會出現這種感想的。」

「你繼續。」果然愛情是最強凶器，連林宇揚這種物種都會被砍成重傷。

「我很愛她。」他緩緩的吸了一口氣，視線的落點在不知名的遠方，「全心全意的那種愛情。大概沒有比另一個于澄好到哪裡去吧，雖然我比一般人冷淡一點，但我很努力用著自己的方式去愛著她，所以很快的察覺到她的改變，只是在愛情之中的人都會變得異常盲目吧，所以我說服自己去相信她，只是已經變質的愛情就回不到原點了。」

「是上次遇到的那個女的嗎？」

「這很重要嗎？」

「滿足一下好奇心不行喔……所以你就開始以『愛情很麻煩』作為推阻所有愛情的擋箭牌？」

「如果要這麼說我也不能反駁妳。」

我跟林宇揚，都只是想保護自己罷了。

「所以我現在應該要同情你嗎？然後開始產生『這個人好讓人心疼喔，所以我要讓他得到更完整的愛』這種念頭嗎？」我又不是花癡澄。

「我從來沒有對妳抱有過這種期待。」

「那幹嘛逼我聽？」

「有些話總得說出來，妳這種一點感情都沒有的人最適合了。」

「沒有感情？我感情豐富得很，哼。」

「說到底我們還是不一樣。雖然都是想保護自己的感情，但我是認真愛過、受過傷，沒有愛過的人好像是妳才對吧。」為什麼他嘴角勾起的每一個弧度都讓人覺得很欠打呢？

「小心眼的男人會被倒扣一百分的。」

「沒辦法，被痛批『你真的愛過嗎？』很難讓人釋懷呢。」

「小心眼又愛記恨，實在太不可取了。」

「但是某人好像對我有好感……」

「所以那個某人才會提議暫時不要太過熱絡的交談比較好。」

「可是某人在那天好像信誓旦旦的說自己會好好面對自己跟愛情。」
「你是那麼想讓我追嗎？」哼。
「沒有啊，只是覺得妳言行不一而已。」
「你知不知道很多時候是需要講講場面話的。」
「另一個于澄的犧牲真是不值得。」
「犧牲什麼啦，本來就是多出來的角色，再說、不是已經打醒你了嗎？夠了啦。」
「是我的錯覺嗎？」
「什麼？」
「妳好像變得有點無賴。」
「無、無賴？」我承認這陣子不斷的跟花癡澄溝通，很難保持一貫的理性樣態，因為講道理她又聽不進去，只好循循善誘，天知道這也連帶影響到我的思考模式，
「這叫變活潑。」
「是嗎？」林宇揚這種帶著「我看透妳了」的自信又加上一點戲謔的笑容真的很討人厭。
「好不容易解除了晶片，受害者我也應該得到一段充足的休息時間吧。再說，

你現在是在鼓勵我『再追你一次』的意思嗎？然後你就很開心的拒絕我，心裡想著『兩種性格都沒用呢』，真是惡劣。」

「從頭到尾都是妳在說。我的確是沒辦法接受另一個于澄的愛情，但如果是眼前的這個無賴于澄，說不定滿值得期待的。」

「你的喜好很、很微妙呢。」

「沒辦法啊，因為妳比誰都還要理解我，所以我就只好委屈一點擴大一點可能性。」

「你知不知道好感不等於愛情？」

「所以可以消去『因為對方愛著我所以我好像也不得不回應』的選項啊，妳不是最喜歡做實驗了，就算好感沒辦法走到愛情，我們也還會是朋友吧。」

「所以你真的是那種賤骨頭嗎？我越不想靠近你，你越想靠過來？」

「因為是妳，所以不用怕妳受重傷吧，反正妳的自我防衛機制很夠啊，再說，妳也只是比其他人多了一點可能性罷了，例如我可能有百分之二十的機率會愛上某個人，但愛上妳的機率卻有百分之三十，聽起來很有優勢啊。」

「去你的優勢，百分之三十的愛情或然率？就是像花癡澄那種笨蛋才會去看正面的那一邊。」

「就是因為妳屬於愛情的頑劣分子，所以才覺得適合以妳作為重新面對愛情的起點啊。」

「所以是把我當踏板的意思嗎？」

「我以為我們是相互利用。」

「你又不一定會愛上我。」

「妳的好感也不等於愛情。」

媽的愛情就已經夠殺腦細胞了，還要來一個這麼精明的對手，就算最後結果不是愛情而是朋友，也會腦空好一陣子；但如果真的好死不死碰上了那百分之三十，我的腦細胞不就很可憐嗎？

到底為什麼我會這麼倒楣。

「欸，當初是你先愛上對方的嗎？」

「果然很能理解我呢。」

「看來真的被傷得很徹底，我常常不小心拿著鹽到處撒，你確定你的心臟夠強？」

他居然在這種時點露出愉悅的微笑，「妳就撤吧，如果會痛的話，表示那時候的我已經愛上妳了。」

所以說，愛情這種存在真的莫名其妙又亂七八糟。

11

愛情不是只有『王子和公主幸福快樂的在一起』這個唯一選項啊，『王子和公主各自找到另外一個更適合的人』不也是美好結局嗎？

「羅平，快點我借你抱。」

「妳說什麼？」邊喝水的阿平不僅被嗆到還邊咳嗽邊拉高八度丟出問號，「于澄妳是怎麼了？」

我比了比臉頰，「不然借你親也可以。」說不定找阿平下一劑猛藥我就會發現那真的是花癡澄留下的餘毒。

「妳是因為解除晶片設定所以太高興了嗎？」

「你怎麼說都可以啦，快點、要抱還要親選一個。」

阿平像是石像一樣僵在我的面前，定格在「我一定是看見鬼了」的表情，再解釋下去只是浪費時間，所以我決定自己來。

於是我抱住阿平。

定格。

然後鬆手，後退。

看著阿平從「我一定是看見鬼了」轉成「世界末日要來了」的表情，我嘆了一口氣，阿平還是阿平。

也就是說，即使是這樣抱著阿平也激不起任何臉紅心跳，就像是回到沒有花癡澄的那個時候，從這裡我得到了一個很殘忍的事實，什麼都回去了，就只有對林宇揚的愛情並沒有回到原點。

「你是還要演多久？」

「我才沒有在演，不對、澄澄妳到底怎麼了？」

「我死定了。」

「什麼？我以為妳今天會很開心的回來，晶片不是解除了嗎？剛剛抱完我妳也沒有臉紅啊，拜託妳話不要說一半好不好。」

「就是因為抱你沒感覺才說我死定了。」

「該不會因為解除晶片，所以妳所有的感情都沒了？」阿平真有想像力。

「比那更慘。」
「澄澄妳直接說重點好不好，妳知不知道我很擔心妳。」
「晶片解除了。」
「嗯。」
「然後剛剛抱你我也沒心跳加快。」
「嗯。」
「但是對他會。」
「對他……那個撿筆的？」一秒鐘的震驚之後是百分之兩百的幸災樂禍，「也就是說，我們家澄澄真的愛上對方了？」
「沒有愛上他！」我又嘆了一口氣，「頂多就是有一點好感。」
「很多愛情都是從好感開始的。」
我狠狠瞪了阿平一眼，「沒有要你給這種一點建設性都沒有的感想。」
「真是偏頗，明明就很客觀的一個陳述，那妳要不要效法花癡澄，奮力的去追求妳的愛情啊？」
「阿平，我現在很需要一個洩憤的對象。」
阿平退後了一步，「不要遷怒，沒有晶片也沒有人逼妳，對方也沒撥弄妳，所以一切都是妳自己。再說，愛情是很多人想要但要不到的耶，妳老是把愛情講成什麼天災人禍一樣。」

「愛情本來就是災難。」

「妳好歹也跟花癡澄相處那麼久了，一點都沒有被她的愛情感動嗎？」

「但為什麼對象要是那傢伙？」我都快瘋了，「如果是別人說不定我還會爽快一點。」

「那傢伙有什麼不好嗎？從妳的敘述裡拼湊出來他雖然冷淡了一點，但對花癡澄也是另一種溫柔吧，而且看過本人也很好啊，妳到底在糾結什麼？」

「就算是花癡澄，但他不斷拒絕的怎麼說都還是『于澄』這個人。」

「所以說就是為了妳太過膨脹的自尊心。」

「哼。人要的不過就是那麼一點自尊而已。」

「妳確定只有『一點』嗎？」阿平很無奈的看著我，「澄澄，好不容易才遇上的愛情，尤其是妳的愛情就更難遇上了，妳確定要因為這種無聊的理由抗拒他也抗拒自己嗎？」

接著阿平就用他最擅長的「沉默制裁法」來對付我，一分鐘、兩分鐘、五分鐘、十分鐘……

「我也不是沒想過要面對愛情，說沒受花癡澄影響是騙人的，但偏偏對象是他……也不是說他不好，只是想到花癡澄那麼愛他，一方面會有種『我跟朋友喜歡上同一個人』的微妙感，另一方面，」我沉默了好幾秒鐘，「因為看見他那麼冷淡的拒絕花癡澄，所以會預設自己的愛情也會得到相同的結果吧。」

「澄澄，被拒絕又怎麼樣？只要妳好好的面對愛情、面對對方，才能真正的面對自己吧。」阿平很認真的注視著我，「說愛情麻煩我能懂，但我實在無法理解，從小到大看著阿姨叔叔那麼幸福快樂的妳，為什麼那麼頑固的認定愛情就會帶來傷害呢？」

因為我好像沒辦法好好的愛一個人。

雖然一開始告訴自己「大概是因為不是真命天子吧」或是「我本來感情就比較淡薄啊」，然而就算看見自己「認為」愛上也愛著自己的人，也還是有一種「這樣牽著彼此的手到底有什麼意義呢」的念頭。

就連對方離開的時候，帶著那麼哀傷的表情凝望著我，湧上胸口的先是抱歉而後就什麼也沒有了。

明明是曾經交往過的兩個人，我卻連同樣的悲傷都感受不到，看著媽媽可以為了爸爸一句話而開心、而難過，然而對方的話語傳遞到了我的腦中只剩下意義性，而不帶任何情感性。

就算清楚的知道對方很深情的說著「我愛妳」，我卻也只是理解與知道，並無法確切的感受到發自內心的振動。

所以因為花癡澄我才終於知道「原來是這種感覺」。

但是現在我對林宇揚也有相同的反應，雖然很微弱，卻能夠讓我告訴自己，以前的自己可能真的沒有懷抱著愛情；然而同時也因為如此，林宇揚對我而言的意義性與情感性並不是我所能預料的，因而會比面對任何人的時候都來得害怕。

在情感上我一直都選擇最安全的路徑。

我也明白不一定會受傷，但就是「不一定」這三個字讓人裹足不前。

如果說一定會受傷，說不定還會抱持著「嗯、那我就衝吧，都已經知道會受傷了」的念頭踏進去；然而愛情中最讓人感到不安的就是那份不安定感，左右晃動上下擺盪而無法好好定位，到底我在哪裡而你又在哪裡呢？這樣想著的時候，無論愛情多美麗都讓人心痛，不、越美麗越讓人心痛。

□

「小澄澄妳在發什麼呆?思春嗎?晶片在妳身上還是起了作用嗎?」

老頭很愉悅的看著我，邊把他的杯子遞給我，不發一語的幫他沖了咖啡，讓他知道我對林宇揚有好感老頭一定會得意忘形，但老頭似乎在愛情方面有很多歷練。

「拿去。」

牙一咬就過去了，反正他一直以來都活在自己的小世界裡，解決我的猶豫比較重要，到底要往前還是後退，越拖只是越麻煩罷了。

「欸、老頭，為什麼人明知道在愛情裡可能會受傷還要闖進去?」

果然，他嗆到了。

又果然，他眼睛開始閃閃發亮了。

「因為愛情是讓人寧可受傷也想擁有的存在。」接著他揚起噁心的笑容，「我們家小澄澄也開始在思考這樣的問題嗎？真是讓我感到太欣慰了……」

我狠狠的瞪了老頭一眼。

「唉呦，是人都會怕受傷也都會怕痛啊，當然常常會帶著『說不定我不會受傷』的心態，但真正受到傷害的時候，很多人是不會逃避的，就像花癡澄一樣，因為愛情不是只有『王子和公主幸福快樂的在一起』這個唯一選項啊，『王子和公主各自找到另外一個更適合的人』不也是美好結局嗎？

「當然也是有人就抱著愛情的缺憾過一輩子，但那都是一種選擇過後的結果，把責任推給對方、推給上天都是不公平的，自己的愛情只有自己能決定。小澄澄有沒有覺得帥哥我實在是很有深度啊。」

「看樣子你的經驗很多嘛。」

「這叫多情，妳不懂，我是要靠愛情來滋潤的。」

「還是把你消滅比較好，以免你去殘害更多的女性。」

「什麼叫殘害，是轟轟烈烈的愛情……不過話說回來，妳看起來不像是在思考，而是在煩惱耶，是遇到真命天子了嗎？」

糟老頭只有在這種時候才會特別敏銳。

「就算有也不告訴你。」

「小澄澄怎麼可以這麼無情，虧人家把妳當妹妹看待……」

妹、妹妹？這死老頭是自我感覺良好到爆表嗎？年紀都比我爸媽大了還說把我當妹妹看待？

不行、再這樣下去我一定會忍不住抓起他衣領看能不能晃醒他，「看你這樣子一定沒有在愛情裡得到教訓過。」

「小澄澄啊，每一場愛情都是一門課，越認真就能學到越多，所以我可是身體力行『活到老學到老』呢。」

媽的這死老頭真的是打不死的變態蟑螂。

□

唉，又是日文課。

花癡澄在的時候，她總是讓我的身體裡充滿著「為什麼日文課還不來呢」的字句，現在卻完全相反成「怎麼又是日文課」，而起因都是因為林宇揚。

所以說這男人根本就是妖孽。

「怎麼，要開始追求我了嗎？」

「林同學，你繳錢是來上課還是來交朋友的？」瞪了他一眼，「還說我變得無賴，你當初不是冷淡得要死，為什麼不堅持到底呢？」

「當初是為了要妳放棄對我的愛情，而且是妳說我們是朋友的，對朋友熱絡一點不是應該的嗎？」

「就說了不是『我對你』的愛情。你對其他人的態度不也還是一樣嗎？你還是冷淡一點我比較習慣。」也比較省事。

「所以說是對『朋友』卸下心防啊。」

該死的男人，擺明就是在捉弄我，怎麼我遇上的人肚子裡都藏有這種惡趣味？而且他還是帶著一點冷淡一點無所謂和一點戲謔加上一點溫柔，媽的這根本就是要置我於死地。

「你這傢伙現在存的到底是什麼心？」我瞇起眼，看著這個挑起邪惡微笑的男人。

「很好玩的感覺啊。」

「好、好玩？」看來我的暗殺名單會越來越長，「對花癡澄你就一點遊戲的心態也沒有，立刻決定快刀斬亂麻，虧我還覺得你是好人，沒想到你骨子裡也是變態一個。」

「她是已經愛上我了，妳不過就是對我有那麼一點好感罷了，更重要的是，妳們是兩種完全不同類型的人吧。」

所以全心全意去愛的那種傻瓜都會讓人心疼，我這種理智的去判斷下一步怎麼行動的人就會被欺負，果然這是個變態的世界，專門排擠不想當變態的人。

「你就不擔心我下定決心追求你，或者愛上你嗎？」
「如果是妳的話，好像也沒什麼好擔心的。」
「又在那邊『如果』、『如果』的，」我嘆了一口氣，「我好像傷過很多人耶。」
「雖然之前我不認識妳，但能發覺自己傷害過人的人通常會避免再去傷害人，但是我也看開了，受到傷害也不是多麼大不了的事情，一路走來都毫髮無傷而幸福快樂的人才是異類吧。」
「你這是在安慰我嗎？」
「很高興妳聽得出來。」
「被你這種冷淡鬼安慰的感覺真是讓人很挫敗。」
「人會越挫越勇。」
我很認真的盯望著他，雖然他不明白我突然沉默的原因，但卻因為我的動作而露出玩味的笑容。總之就是放任我。這傢伙的心中大概已經把我定位成怪人了吧，所以我做出什麼奇怪的舉動都不奇怪。
到底是為什麼呢？
不過就是比路人還好看一點的路人，比路人還聰明一點的路人，比路人還好心一點的路人，雖然有一點點溫柔加上一點點的理解還有一點點的邪惡感……但老師有教過積沙成塔這個成語，也就是說這樣一點點、一點點的堆累起來，他就已經不是普通的路人，而是特別的路人了。

為什麼我突然覺得耳邊有嗡嗡叫的感覺，就像是花癡澄跳出來罵我一樣。

不是因為我對林宇揚有好感的這件事，而是罵我還在愛情前面猶豫來猶豫去；但不過就是好感嘛，有必要為種子這麼積極努力的澆水施肥嗎？

嗯、不過就是好感嘛。

「妳看夠了嗎？需要靠近一點嗎？」說完林宇揚就很「貼心」的把臉湊近，似乎也在觀察我的表情變化。

我決定不理他。但因為靠得那麼近而眼中又只有他，讓我回想起當初花癡澄注視他的目光。然後很不爭氣的感覺心跳緩慢的加快。

突然有些什麼在我腦中閃過。

下一秒鐘我就很不客氣的用手把他的臉推開，「你、你離我遠一點。」

他莫名其妙的笑了，「妳是沉思之後突然發現對我從好感跳級到愛情了嗎？所以才會突然這麼緊張。」

「是從好感突然降級成沒感覺了。哼。」

不、林宇揚的話有一半是對的。就是剛剛閃過我腦中的那個念頭。好感跟愛情是不一樣的。我對林宇揚的感覺是花癡澄對他感覺的淡薄版。我的感覺又比一般人淡薄了一點。所以把這些個別陳述整理歸納，得出的結果是……

我根本就已經愛上他了。

這世界實在太不公平了。

為什麼有一類人就是坐在那邊等著別人捧上愛情，有一類人就得命苦成為捧上愛情的那個人？

更悲慘的是另一類人從前者被踢到了後者，然後一邊感嘆自己的過去一邊咒罵前者的優越又一邊思考著怎麼捧上愛情比較自然。

所以說為什麼我總是最倒楣的那一類人。

「今天不送我回家嗎？」更倒楣的是我遇到的那個人，還喜歡踩人家弱點。

「就說了不是我。都長那麼大了，是自己不會回去嗎？」

麼覺得妳在發呆之後情緒突然變得很惡劣。」

當然惡劣。

本來覺得「只是有好感啊，所以可以慢慢拖，說不定過一陣子就發現消散了」，但突然被「其實我已經愛上他了」打醒，愛情不是說不要就不要的，這是我在花癡身上最深刻學到的一件事。

當然愛情沒有誰輸誰贏，但跟這傢伙之間有輸贏啊。

「看到你情緒就很惡劣。」

「我覺得很無辜呢。」

「隨便啦，我要回去了。」

「送妳回去吧，雖然也只到捷運站。」

我停下腳步狠狠的瞪著他，「你是真的覺得這樣很好玩是嗎？」

「嗯。」那傢伙居然這麼直率的承認？「而且我還滿期待妳愛上我的呢。」

惡劣。真是個惡劣的變態。

我再度決定忽略他，直接朝捷運站走去，跟在我身邊的他似乎相當愉悅，但是看見他愉悅的臉我的情緒就更加惡劣了。

並沒有想要逃避愛情的打算，那天對林宇揚講的話並不是場面話，雖然我想可能我一輩子都無法愛得像花癡澄那麼轟轟烈烈，但至少我願意「真正的」走入愛情。但我並沒有想到在愛情世界裡碰見的第一個人會是林宇揚。

也就是說，我想逃避的是林宇揚，並不是愛情。

人生真是重重考驗啊。

「不然，把妳的可能性提高到百分之五十好了，這樣有沒有比較具吸引力？」林宇揚突然丟出這句話。

「你是笨蛋嗎？說提高就可以提高的嗎？愛情如果能這麼簡單左右就不會殺死大量腦細胞了。」

他聳了聳肩，「再怎麼說妳都比較有優勢啊。」

最有優勢的是你吧。哼。

一邊走我突然想起一直以來花癡澄陪著林宇揚走到捷運站的心情，她的愛情注定得不到美麗的結果，然而她卻堅持要讓對方看見自己的愛情，就算知道將面對的拒絕更加直接也更加殘忍，但無論如何都想讓自己的愛情傳遞到對方的胸口。

在愛情中的我，比花癡澄幸運了幾百倍，然而我卻用一堆雜七雜八的理由抗拒愛情，說到底也只是擺脫不了保護自己的慣性。

「到了。路上小心吧。」

是林宇揚就林宇揚了。被拒絕就被拒絕。做人要看開一點，事實就是事實了，我就是愛上人家了還能怎麼辦。

看著林宇揚轉身的弧度，一步、兩步逐漸拉大的距離，「欸，林宇揚。」

他轉過身，「怎麼了嗎？」

「我很倒楣的喜歡上你了。」

「這次是真的于澄嗎？」

「真的。全身上下都是真的。」

果然這男人都在很微妙的時點露出笑容，「妳有我的電話吧，我等妳來追我。」

「我說……」

「嗯？」

「就算我喜歡上你還是覺得你很討人厭。」

一邊折磨對方但對方卻只能妥協，而且當自動化的把他這樣的舉動解讀成「只對我才會有的讓步」就會湧生一股快感，看樣子用理智談戀愛還是會失去不少樂趣呢。

「不是妳要追我嗎，為什麼是我請妳吃飯？」一邊吃著義大利麵一邊看著他比路人還要帥一點的臉，我露出一個很溫柔的微笑，「我已經約你出來了啊。」

「妳真的越來越無賴了。」

我跟林宇揚的關係並沒有突飛猛進或是劇烈拉扯，最大的改變也就只是我承認了愛上他的事實，偶爾約個會、打打電話，總之就是介在朋友與戀人中間的灰色地帶。

但是我並沒有特別去問林宇揚，究竟對我的感覺是什麼，會這麼愉悅的配合我的「追求」至少也是對我有些好感，但至於有沒有到愛情的階段，反正我不急他也不是很在意。

雖然會急死老頭跟阿平，但太監們的焦急是影響不到皇帝的。

「妳好像跨過了『承認愛情』的這個關卡之後，就整個鬆懈下來了呢。」

「光這件事情就耗費我太多力氣了，你沒聽過休息是為了走更長遠的路嗎？」

「所以妳是抱著要跟我走長遠路途的心思嗎？」他喝了一口檸檬水，「怎麼我一點都感覺不出來呢。」

「諷刺鬼。我說啊，慢慢來、比較快。」

「現在到底是妳喜歡我還是我喜歡妳啊？我都快搞不清楚了。」

「搞不清楚最好，最後變成你喜歡我就更好了。」

「妳連談個戀愛也要這麼投機取巧。」

「腦袋放著不用多可惜。」

其實跟林宇揚相處起來很輕鬆，也可能是彼此對距離感的拿捏很有共識，但我想主要的原因在於他已經把我定位成怪人，所以能夠用平常心把我所有的舉動視為理所當然。

在愛情裡人總是會試圖影響對方，希望對方照著自己期盼的道路行走，然而當對方真正踏上了那條路，那麼還會是當初所愛上的那個人嗎？

無解。這個問題是愛情哲學裡的大哉問。

「那個女孩子是什麼類型的啊？」

「是誰說好奇心會殺死一隻貓的？」

「情況不一樣嘛，現在我是站在『喜歡你』的立場上啊，當然要先了解一下某人傷口狀況嘛。」

「跟妳截然不同的類型。」

「不想說就算了，我不會逼你的。」

其實也不是非得知道不可，反正過去的就已經過去了，只是覺得如果他傷口還沒癒合對我來說似乎比較麻煩一點。不是不想擔負他的過去，而是不想在兩個人之間硬被塞進一個第三人。

「很溫柔又很敏感的女孩子。」跟我截然不同的意思是指？「她的優點很多，但我想妳應該不會想聽，只是她比一般人更容易感到不安、依賴心比較重，雖然我自認全心全意的對待她，但大概是我給予的還不夠她所要的吧。所以她開始會擔心我是不是不愛她，或是已經沒那麼愛她了……無論怎麼說都很難讓她安定下來，因為她所感受到的我，就是不夠吧。

「這時候她身邊出現了另外一個人，也許彌補了她在我身上感到的不安，雖然知道她還是愛我，但正因為這樣才讓我更不相信愛情……明明就愛著我，卻試圖在另一個人身上尋求安慰，所以我決定離開，因為我跟她再也回不到原點了。

「但我也需要負責，畢竟她是因為在我身上得不到足夠的愛情，也因此多多少少會質疑自己是不是會再傷害另外一個人吧。」

我邊玩著義大利麵邊看著他，在冷淡外表下的這個人，還真的不是普通的好人。

「你的責任感也太強了吧，你有沒有想過，有一類人就是無論如何都不滿足，加上你不是也說她本來就比較不安、依賴心比較重嗎？」

「知道是一回事，接受又是另外一回事。」
「所以說愛情真的麻煩得要命。」
「但愛情可怕的地方就是每個人都知道會受傷、又麻煩、又耗費力氣、又複雜，卻還是想得到愛情。」
「欸，我說。」
「什麼？」
「你真的很不適合發表這種感性的心得。」
「欸，于澄。」
「幹嘛？」
「我真的覺得妳是活該愛上我。」
真是討人厭的男人，我也只是很誠實的說出感想啊，聽見一個冷淡鬼說出感人肺腑的話本來就很奇怪，居然說什麼我活該愛上他，哼。
一邊翻著日文課本一邊看著在走道跟另外一個女孩子說話的林宇揚，白痴都看得出來那女孩子對他有好感吧，他還是一臉冷淡樣一邊走回座位，青春洋溢的女孩不怕死的跟著他走過來。

他果然是妖孽。

「真的很謝謝你，這部分的文法我一直搞不清楚。」

「嗯，我想問講師會更清楚一點。」

「我一直以來都很怕去問老師問題呢，雖然不知道為什麼，呵呵。」

然後林宇揚坐下了。青春洋溢的馬尾女孩還不走，就站在林宇揚的桌子前。據我研判，馬尾女孩應該是以「這裡搞不懂呢」作為理由和林宇揚攀談，並且通常問問題會提高男方的優越感，也增加女方的可愛度，就算失敗了也能說「我只是問問題啊」或是「其實他也不懂吧」揮揮手就離開。

果然很高竿吶。

「妳好，我是安安，現在大三。」

疊字？還強調自己是大學生，果然想以青春洋溢取勝嗎？我想接下來馬尾女孩要做的就是先弄清我跟林宇揚的關係吧。

「妳好。」

「他真的好厲害喔，我想了很久的問題他一下子就解決了耶。」

關我屁事，哼。

「對了，還不知道你的名字呢。」

也太自然了吧。現在的大學女生都這麼厲害嗎？

「林宇揚。」

「那以後就叫你宇揚哥囉，那姊姊呢？」

姊、姊姊？

「于澄。」

「于澄姊跟宇揚哥是一起來的嗎？感覺常常看見你們聊天呢。」

「不是。」

「真的嗎？感覺你們關係很好呢。」她也太喜形於色了吧。

我瞄了一眼林宇揚，他似乎打算置身事外，馬尾女孩的策略似乎是想跟我打好關係，然後以我作為接近林宇揚的踏板，也就是說，很有可能接下來的每節下課她都會出現在我的桌前。

光想像就快崩潰。

「關係是很好啊。」我輕輕對馬尾女孩笑了。死林宇揚是真的打算看戲嗎？「那該不會于澄姊跟宇揚哥……」

對、就是妳想的那樣。

「是在這邊交到的朋友。」

「真好呢，我也想在這裡交到談得來的朋友呢。」

「是嗎？」那又關我屁事。

「喔，要開始上課了，那我先回座位了。」接著她轉向林宇揚露出甜甜的笑容，「宇揚哥我先回去囉。」

我怎麼那麼倒楣，好不容易有一段安逸的日子，持續沒幾天就又跑出一個青春洋溢的馬尾女孩來。

「你沒事那麼招搖幹嘛？」

「在日文教室妳都坐在我旁邊，妳是有看見我招搖了嗎？」接著他揚起很欠打的笑容，「我行情很好的。」

「你是看不出來她對你有好感嗎？還給她希望。」

「同學來問我文法，我回答她，這樣就叫給她希望？」

「你難道不知道現在的女大學生都很可怕的嗎？」

「所以于澄姊緊張了嗎？」

媽的這個討人厭的林宇揚，「你絕對是妖孽，還有、你敢再喊一次于澄姊試試看，我一定會暗殺你。」

□

「于澄姊！」

媽的，妳要青春洋溢直接找林宇揚不就好了，為什麼非得拉我當作中繼站？

「我正要回家了呢。」所以妳識相一點。

「于澄姊往哪邊呢？說不定我們可以一起走呢。」

我才不要。

「那妳往哪邊呢？」接著她說出了跟我相同方向的公車站，我才不要，「啊，真是不巧呢，我是往另外一邊。」

「這樣啊……」林宇揚絕對是在偷笑，「那宇揚哥呢？」

他看了我一眼，「似乎是跟于澄同一個方向呢。」

「那我跟你們一起走好了，人家還想多跟你們聊一聊，還是說會覺得很煩啊……」

對、就是覺得妳很煩。

「妳這樣不順路啊。」我很虛偽的笑了。

「沒關係啦，只是多走一段路而已啊，當作運動也不錯吧。」

我快瘋了，這樣我要怎麼回家？

但馬尾女孩最後還是擠進了我跟林宇揚之間，對話很巧妙的從五五比例慢慢改變成林宇揚七而我三的交談。

終於到了捷運站。

「我等你們進去我再回去吧，反正都已經到這裡了。」

「那妳路上小心一點喔。」為什麼這些台詞非得要我來講不可？

「再見囉，宇揚哥晚安。」

所以跟于澄姊就不用說晚安了嗎？哼。

「這樣我要怎麼回去？」

「誰叫妳要說謊。」

「我哪知道她這麼努力不懈。」

林宇揚聳了聳肩，「反正捷運可以互通。」

「我才不要多花三十分鐘，很蠢耶。」

「那妳在這邊計算她離開的時間，也是浪費。」

「既然這樣你陪我一起浪費吧，你這個禍首。我們去喝咖啡吧，不覺得我們之間需要培養一點浪漫的氛圍嗎？」

「妳只是想拖我下水吧。」

對、要死也不能只有我一個人死。

「我可是約你去喝咖啡耶。」

□

「明明就不喝咖啡的人還要約我喝咖啡。」

「咖啡店不只賣咖啡好不好。」

「所以某人現在開始有危機意識了嗎？」

「反正對你來說不都是機率問題嗎？她也不一定會碰上那可能性。」

「也是。」林宇揚悠哉的喝了一口咖啡，「但對方可是青春洋溢的女大學生呢。」

呃、我的心好痛。這個專踩人痛處的男人。

「不過才差了那麼幾歲，你知不知道韻味是成熟的人才會有的。」

「成熟的人……」林宇揚對我投以質疑的眼光，最後安慰的看著我，「要用年紀來歸類雖然很無賴，但這也沒辦法。」

忍耐、于澄妳要忍耐，忽視他就好了，反正這男人是妖孽，做任何令人討厭的事情都是符合他角色的。

這麼一想，愛上他的我真是註定要受罪。

「我為什麼會那麼倒楣喜歡上你？」

「大概、是命中註定吧。」

差點我就沒把可可給噴出來，「這種偶像劇台詞你也說得出來？」

「不然妳有更貼切的形容嗎？」

「嗯、走路被突然跑過來的路人撞到，然後還正面朝地面趴下，的確是可以算是一種命中註定。」

倒楣也是一種註定對吧？

「坦率的接受愛上我的這個事實有這麼傷自尊嗎？」

「嗯。」我毫不猶豫的點頭了，「就算你拒絕的是花癡澄，但再怎麼樣也是用『于澄』這個身體跟你接觸吧，所以總有一種『這個男人就是狠狠拒絕我的傢伙』的討人厭感覺。」

他很無奈的笑了，「妳就不能往好處想嗎？我是一個在乎內在的男人。」

「所以說我是個沒外表的女人嗎？」

「妳一定得扭曲我的話嗎？」

「這多多少少能夠彌補一點我的自尊。」

「我倒覺得妳努力一點，贏過那個女大學生會更有效的彌補妳的自尊。」

「看樣子你是真的很想讓我追你耶。」

「人是有虛榮感的。」林宇揚用著一貫的冷淡表情加上透露出一點壞心的語調，「而且，只要看見妳對我又愛又恨、老是猶豫又像要固守地盤的樣子，就……很有趣。」

有、有趣？媽的林宇揚這個死變態，把自己的快樂建築在我的拉扯上嗎？

□

工作了一整天，又上了晚上的日文課，再加上青春洋溢的馬尾女孩、還有惡劣又變態的林宇揚，才一天的時間我就覺得耗損了我所有的精神力。

才剛洗完澡正要跟溫暖的床培養感情的時候，手機居然響了。

媽的，已經一點多了耶，是哪個白目挑這種時候打電話給我？

因為是沒有紀錄的號碼所以我直接接了起來，「喂？」

「于澄姊，我是安安。」媽的、女大學生是不知道二十五歲的女人很需要睡眠嗎？「沒有吵到妳吧？」

有。這通電話完全是個困擾。「有什麼事嗎？我正準備要睡了。」

「不好意思呢，因為今天宇揚哥沒有留給我電話，所以想問于澄姊能不能給我他的電話。」

嗯、今天在馬尾女孩硬要跟著我跟林宇揚到捷運站的途中，很自然的逼我交出了手機號碼，但林宇揚不知道為什麼居然巧妙的避開，只是為什麼我就要這麼倒楣的當跳板？

「我也沒有他的電話呢。」技術面來看，我跟馬尾女孩也算是情敵吧。

「是喔……那不吵妳了。」

然後就掛斷了。真是「果決」的女孩子，連聲抱歉或是晚安都不用說的，但是轉念一想，會湧生這種念頭的我似乎有點大媽的感覺，我明明才二十五歲……

該死的老頭，我真的覺得晶片在我身上留下很多後遺症，尤其是情緒越來越容易起伏。只要牽扯到林宇揚這一個區塊。

真是招搖的傢伙，上次是對他戀戀不忘的前女友，現在又來一個青春洋溢的馬尾女孩，下次說不定會出現成熟高雅的師奶，像他這種冷淡鬼似乎是目前「市面上」的搶手貨……

而且馬尾女孩才「行動」第一天，我的氣力就被消耗那麼多了，再這樣下去就會像是馬尾女孩不斷的從我頭上踩過跳往林宇揚，像打地樁一樣，一下、兩下、三下……接著我就被打入土裡了。

不行、還是早點把這傢伙霸佔下來好了，再找另外一個太麻煩了。

愛情本來就是個麻煩，所以避不開這個麻煩就在它越演越麻煩之前快點解決它和他。

哼，所以我決定干擾林宇揚，就算我不打原本馬尾女孩也會打電話過去的。

「于澄妳知不知道現在已經凌晨一點多了？」

就是知道才打來的。「誰叫你們家馬尾女孩剛剛打電話不讓我睡。」

「所以妳就打來報復我？」

「想聽聽你的聲音不行嗎？」

「現在妳聽到了，我可以睡了嗎？」

「等一下啦。」我說，「這個星期天我們去約會吧。」

他嘆了一口氣，「明天我打電話給妳好不好？」

「原來那些女孩子的感受是這樣啊，滿愉悅的呢。」

一邊折磨對方但對方卻只能妥協，而且當自動化的把他這樣的舉動解讀成「只對我才會有的讓步」就會湧生一股快感，看樣子用理智談戀愛還是會失去不少樂趣呢。

「于澄我要掛電話了。」他大概連罵我的力氣都沒有了吧。

「好啦、好啦，你明天沒打電話給我你就完蛋囉，宇、揚、哥。」

然後電話被切斷了。

我第一次覺得電話被掛斷是這麼愉快的一件事，看來可以回敬林宇揚的事情越來越多了呢。

13

胸口的振動傳遞到我的身軀，貼著愛情張望著的我和他，不願跨進去卻又從來沒有真正遠離過，如果是手牽手一起走的話，遇到阻礙也可以一起克服吧。

結果那個愛記恨的林宇揚居然在早上六點半打電話給我。

這傢伙果然不是好對付的。

「媽的你知不知道現在幾點？你知不知道星期六是用來睡覺的？」

「昨天那麼晚都想聽我的聲音了，用我的聲音當妳一天的起點不是應該會讓妳更開心嗎？」

「我給你馬尾女孩的電話，你去叫醒她我想她會更開心。」

「妳真的是報復心很重的一個人吶。」

「你講完了嗎？我、要、睡、覺。」

「妳昨天不是要我跟妳約會嗎？」

「就算吃早餐也要九點吧，你不覺得六點半就神清氣爽也太『期待』了嗎？一點都不適合你。」

但我總有一種敵不過他的預感，所以我心中懷著滿滿的髒話，極度不情願的從被子裡爬出來；雖然說我愛上林宇揚大概已經是無法改變的事實了，但只要一想到往後的日子都要面對這傢伙，而且他佔的比重絕對不會太少，我就有一種自己會早死的感覺。

「我如果跟你交往一定會早死。」

「反正在死之前妳就已經遇到我了啊。」

「你到底是哪來的自信？再說、拜託你倒帶一點回去冷淡一點的狀態好嗎？」越來越熟就發現這傢伙的惡劣程度深不可測。

「妳不也回不去之前冷靜理智的知性狀態了嗎？而且越來越無賴也越來越小心眼。」

「媽的你是特地打電話來數落我的嗎？」

「而且粗話越來越順口。」

我快瘋了快瘋了快瘋了，但是我剛起床血糖低血壓也低，根本沒有太多力氣跟他吵。

「還有嗎？一次講完比較乾脆。」

「大概一次說不完吧。」這該死的男人，「我只是想跟妳說，不管是妳或者我，都已經無法往回走了。」

「這就是你的偉大體悟嗎？」發現愛上他的時候我早就覺悟了，所以我是帶著覺悟的心在掙扎。

「不是。」他的聲音突然低沉了下來，「我只是想知道妳和我接下來要走的方向是不是同一邊。」

所以他是決定速戰速決嗎？

還是說，他並不想停在原點？

「不想玩這種友達以上戀人未滿的遊戲了嗎？」

「是挺好玩，但總感覺接下來可能會變得很麻煩。」

至少在這一點我跟他很有共識吶。

□

不到八點我就和林宇揚出現在淡水。就是花癡澄和他第一次「約會」的地方。

「這麼喜歡淡水？」

「沒有啊，就說了我不喜歡海。」我深深吸一口氣，「但是有些時候，就是需要望向海才能讓自己跨出下一步。」

「今天太早起床的結果就是變感性嗎？」

「你的推論一點邏輯也沒有。」

「愛情本來就很難有準確的邏輯，更何況妳的邏輯就更難推測了。」

「少在那邊拐彎抹角損我。」停下腳步，我的視線落在又近又遠的那片海洋，

「我只是突然想起花癡澄。」

我跟林宇揚是各自坐捷運來的，因為我需要一段安靜的路途沉澱自己，看見對

方的時候常常會因為太過起伏而忽略了很多簡單的事，從花癡澄出現之後，我幾乎沒有靜下心好好檢視自己，連傾聽自己的聲音也沒有。

就只是想排拒愛情。

因為不是出於本意加上身邊所有人都推著我往前，反而開始為了抵抗而抵抗，繞了一大段路也吃了一堆苦，結果停下來之後才突然發現，答案原來那麼簡單。

愛情很麻煩，但其實很簡單。

雖然聽起來有些矛盾，但就像看著地圖很輕易的就知道怎麼從A點走到B點，但必須經過的點實在太多太複雜、中途又不知道會遇見哪些阻礙，但每個人都知道「就是要從A點到B點」這件簡單的事。

只是我太過習慣將注意力集中在「麻煩」上，總是想著「就算知道只要走過去就好了啊，但要繞來繞去花時間又浪費力氣，那乾脆不要比較輕鬆，反正沒有愛情又不會少一塊肉」；愛情並不是絕對必要，但推拒已經萌發的愛情同時也等於逃避自我。

唉、看來我還是被那張晶片給「教育」了。

「欸，我說。」

「嗯？」

「其實你也喜歡我吧。」

「所以我給妳很多希望不是嗎？」

「那你為什麼不乾脆一點跟我告白？」

「因為覺得告白是妳的工作。」林宇揚露出很討人厭的笑容，「很適合妳的角色啊。」

要是我手邊有東西我就扔過去了。

「承認愛上你就已經很傷我自尊了，還要我跟你告白我會一輩子邊愛你邊討厭你的。」

「又愛又恨更難割捨啊。」

我瞇起眼，「總之為了彌補我的自尊心，我決定讓你跟我告白。」

「連這種事都可以這樣決定，果然有無賴化的趨勢。」

「我都不介意你同時兼具冷淡鬼諷刺鬼自大鬼……總之一大堆的討人厭特質了，怎麼想都還是我犧牲比較多吧。」

「我們兩個，在愛情裡都算是不及格吧。」

一個遇到傷害就決定退縮，一個怕受傷害就決定不往前，始終站在愛情邊境的兩個人，終於交錯了目光，而後做好跨步的準備。

「所以我就勉為其難跟你一起重修吧。」

「怎麼講一講變成我在追妳？」

「反正這又不是很重要，幹嘛那麼計較。」

要是先開口對他說「我們交往吧」這種話，一定會變成我的弱點讓他一直踩的，做人還是留多一點後路比較妥當。

「那我就勉為其難的和妳交往吧。」

「勉為其難？」我瞇起眼看著距離一個跨步的他，「我也是很有行情的好不好，你……」

話才說到一半就被林宇揚拉進懷裡，「我不敢保證我不會讓妳受傷，但就算這次我又受到傷害，我也不會往後退。」

「我又不會拿著刀對著你捅來捅去……」我輕輕伸起手抱住他，「大不了我去學一點包紮方法……」

「澄澄……」

「幹嘛？」

「其實妳很可愛。」

糟了，瞬間我一句話都接不下去，被人衷心的稱讚是我最大的弱點，所以我決定用行動掩蓋這個弱點，很用力的抱住林宇揚，打死我也說不出來「其實你也很帥」這種話。

「其實你也沒那麼討人厭。」

林宇揚笑了。胸口的振動傳遞到我的身軀，貼著愛情張望著的我和他，不願跨進去卻又從來沒有真正遠離過，如果是手牽手一起走的話，遇到阻礙也可以一起克服吧。

我想起那個時候我忘記跟花癡澄說再見，在捨不得裡帶有著一點遺憾，然而這一瞬間我卻感覺，說不定花癡澄並沒有離開，只是當初被過度膨脹，現在只是回到原本的位置。

花癡澄一直都在我的身軀之中沉睡，晶片只是喚醒她，並且以一種戲劇化的誇張手法迫使我不得不面對她。

也因為她，我終於看清自己的愛情。

還有你。

之後

「欸，我說。」

「嗯？」

「你什麼時候愛上我的？」

「那麼久以前的事情早就忘記了。」

「騙人，你的全身上下都說著你在騙人。」

「比妳晚一點。」

「少打迷糊仗。說。」

「這很重要嗎？」

「相、當、重、要。關乎於我的自尊心。」

「又是阿平還是博士煽動妳了嗎？博士現在很得意他的晶片在妳身上產生顯著的影響，妳確定要這樣順他的心意嗎？」

「要忍受他們嘲笑的是我又不是你。」

「只不過是正確的指出先愛上的人是妳，根本就不是嘲笑吧。」

「林、宇、揚，你明明知道他們用的是什麼語氣跟臉孔，最近還加上我媽……」

「在她決定放棄那一天。」

「你說什麼？」

「不是愛上你，但是在另一個于澄喊著『你根本沒愛過吧』的那一天，我開始把注意力投注在妳身上。」

「該不會其實你愛上的是花癡澄吧。」

「的確是因為他我才看向妳的，但是妳給我聽好，從頭到尾我愛上的人都是妳。」

「所以某人比較早愛上嘛……」

「少擺出高傲的表情，我只是說從那天開始注意妳，要說愛上的話，我想還是妳早一點吧。」

「你就不能有一點禮讓心嗎？」

「有些時候是不能讓步的，尤其是在愛情裡。」

「你真是討人厭的傢伙。」

「這個討人厭的傢伙是妳的男朋友。」

「遲早有一天我會休了你。」

「在那一天之前我都還是妳的男朋友。」

「果然跟你在一起我一定會早死，不是被氣死就是腦細胞死太多。」

「跟妳說過很多遍了，至少在妳死之前遇見我了。」

「你就沒有新台詞嗎？」

「嗯……至少在妳死之前我遇見妳了。」

「這句話順耳多了。」

「于澄。」

「幹嘛？」

「自尊心跟我哪一個比較重要？」

「當然是自……嗯、你啊。」

「下次記得練得更誠懇一點。總之，是妳先愛上我的，這是改變不了的事實。」

「媽的你這個冷淡鬼諷刺鬼自大鬼……」

The End

後記

那天我坐在街旁某棟大樓的階梯上，頭靠在柱子上望著路人發呆，一邊想著「這個人會有什麼故事呢」，一邊想著剛剛買的巧克力實在太甜了一點，然後——于澄就出現了。

只有筆沒有紙卻有一堆句子，最後草稿就是那張買了太甜巧克力的收據，滿滿的一整張。

于澄出現得很突然，然而在書寫的過程當中，連帶的我自己也和她一起成長。她並不是愛情白癡，也不是不懂愛情，只是太過明白愛情的意外性與不可控制性，因而試圖避免任何會讓自己脫軌的情境。

很精明卻也很愚笨。

省卻愛情讓她得以有更多的時間與精神放置在其他部分，卻也因為揮開愛情失卻了許多感動與體會，藉由于澄我想訴說的，愛情的確相當麻煩又難以預測，但同樣的在過程中我們所能得到的往往比預料還要更多。

曾經一個心理師問過我，為什麼非得按照軌道進行不可呢？

因為不想要那種不安定的感受。那個時候我是這麼回答他的。

然而為了避開自己所不想要的感受，同時也失卻了軌道之外的可能性，所以我讓自己拋開研究所也丟開就業，任性的跑到澳洲，其實並沒有什麼事情非得在那裡才能完成，出走本身就是一個目的。

也是因為這樣的脫軌，讓我更明白自己要的是什麼。

我想于澄也是。

因為她終於跨過了愛情的邊境，走進了難以預料的愛情之中。

事實上，故事的主角其實只有于澄。

雖然這樣說林宇揚大概會不開心，但這也是沒辦法的事。

因為我想寫的並不是愛情故事，而是某人的愛情故事。

Sophia

All about Love / 04

下一秒，戀愛中

國家圖書館出版品預行編目資料
下一秒，戀愛中／Sophia 著.
一 初版. 一 臺北市 ： 春天出版國際, 2011.03
面；公分. 一（All about Love ；04）
ISBN 978-986-6345-72-2（平裝）
857.7　　　　　　　　100004004

ISBN 978-986-6345-72-2
Printed in Taiwan

作　者	Sophia
封面設計	克里斯
內頁編排	三石設計
總編輯	莊宜勳
企劃主編	鍾靈
發行人	蘇彥誠
出版者	春天出版國際文化有限公司
地　址	台北市信義路四段458號3樓
電　話	02-7718-0898
傳　真	02-7718-2388
E－mail	frank.spring@msa.hinet.net
網　址	http://www.bookspring.com.tw
部落格	http://blog.pixnet.net/bookspring
郵政帳號	19705538
戶　名	春天出版國際文化有限公司
法律顧問	蕭顯忠律師事務所
出版日期	二〇一一年三月初版一刷
	二〇一二年八月初版二十六刷
定　價	180元
總經銷	楨德圖書事業有限公司
地　址	新北市新店區復興路45號3樓
電　話	02-2219-2839
傳　真	02-8667-2510
印刷所	鴻霖印刷傳媒股份有限公司

04

All about Love